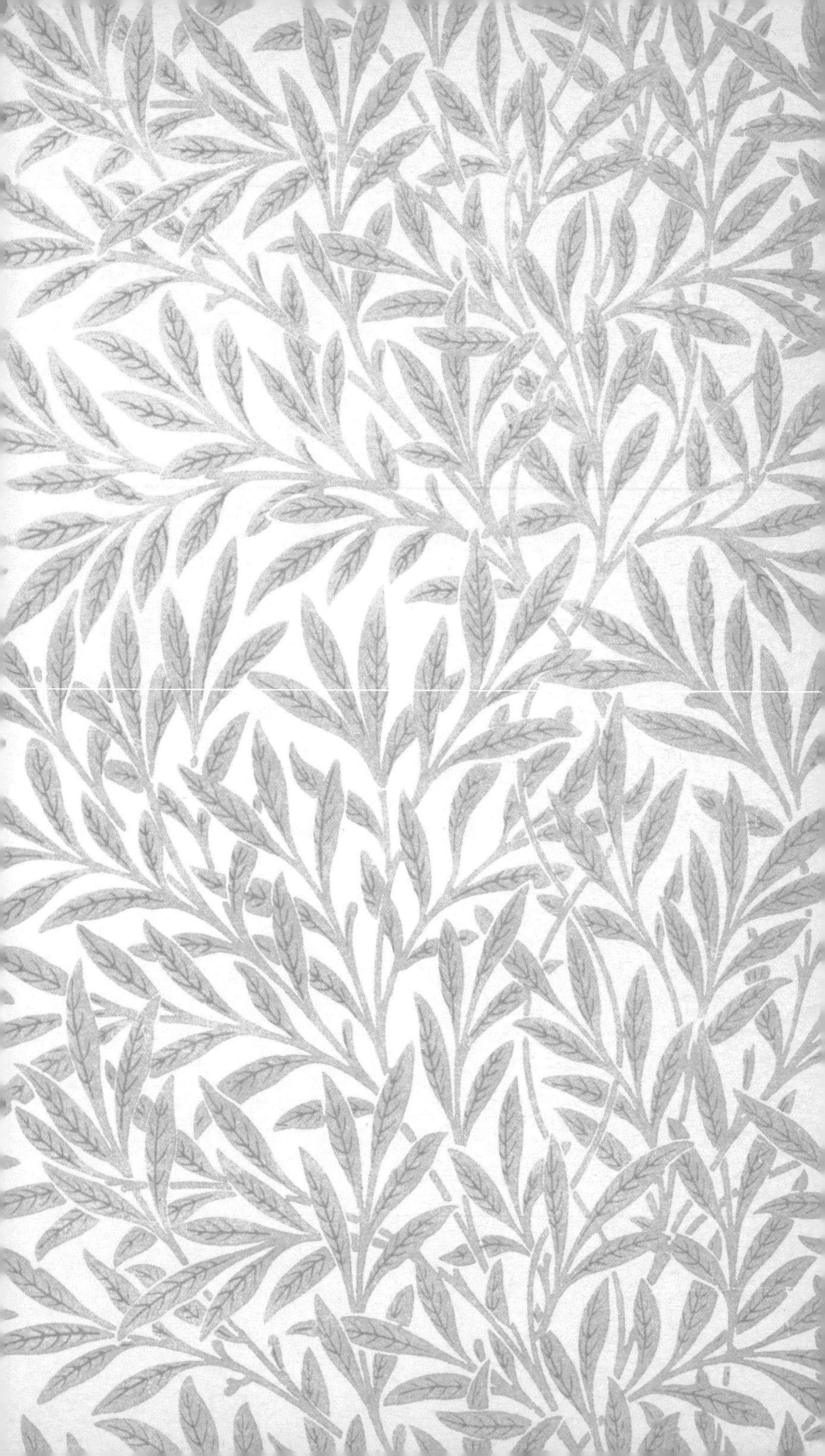

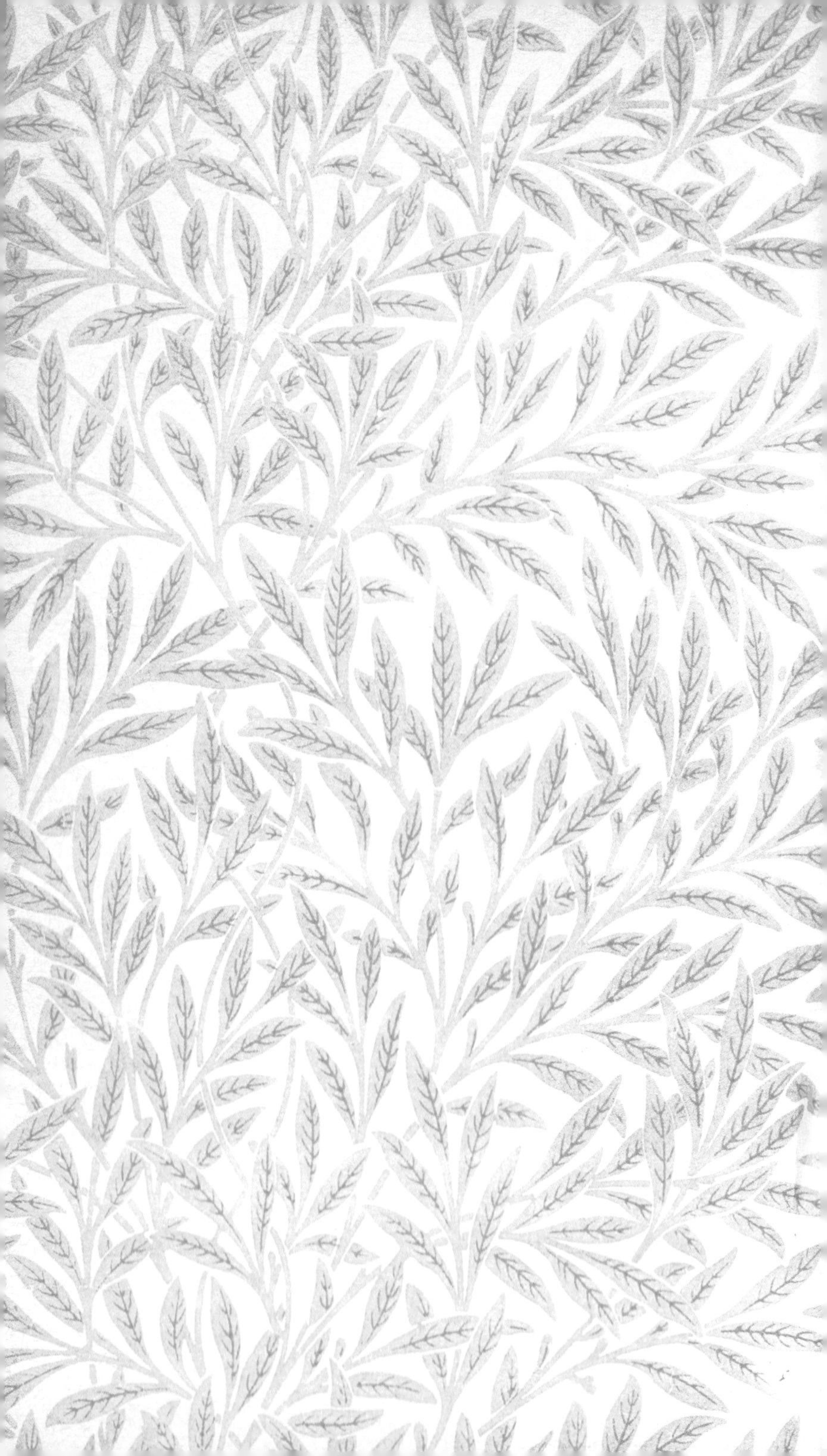

三民叢刊180

月兒彎彎照美洲

李靜平 著

三民書局印行

序

姜林

幽默文章不容易寫，幽默小說更不容易寫，能把幽默小說寫得笑中帶淚，除了筆下功力及獨具一格的幽默外，還得靠才氣。

李靜平的小說正是如此。

看李靜平的小說是種享受。

她的小說文字跳脫，筆下人物活靈活現，堪稱一絕的是對白，可謂只此一家別無分號的「李氏幽默」。此外，入木三分的「內心戲」，常叫人忍俊不住，拍案叫絕。每每看她的小說，都會讓我有個感覺，那就是——

假如讓她去演戲，一定會是個好演員。而且，很會「搶戲」。

《月兒彎彎照美洲》是李靜平近年來在國內外各報章雜誌上發表的短篇小說結集，刊登時膾炙人口，篇篇叫座又叫好。在此借用一段評語：「……她觀察敏銳，訴盡旅美老中的苦與樂，她的小說題材新穎，刻劃入微，筆調活潑輕鬆，但內容卻發人深省，讓人笑中帶淚。」

這正是本書所涵蓋與寓意的。

現在，好戲即將上場，讓我們一起來看一齣接著一齣的——精采好戲吧！

自序

寫小說，是很偶然的，當初根本沒有什麼「大志向」，或是堂而皇之的「使命感」，老實說，現在也沒有。由於寫的都是旅美老中的喜怒哀樂，畫的都是帶點卡通式的臉譜，乍看之下，好像自成系列，讓人覺得滿有計劃地在「寫作」，其實不是。以我這個有點散漫的個性，要說的話，只是興之所至而已。

真的是，寫第一篇小說〈月兒彎彎照美洲〉，純粹只是一時興起。我，從小有個「毛病」，就是很喜歡在人名上做文章（當然，也包括我自己的，我的名字就取壞了，「妳怎麼儘是平的？」怪不得這樣），當我在中文報紙上看到一則紋眉紋眼線的廣告，美容師署名「邦妮」，當下我就在想：名叫邦妮，假如姓「文」，豈不更好？名副其實的「幫妳紋」！哈哈。我這個人除了有愛在名字上做文章的毛病外，還有一個「毛病」，那就是很喜歡自己給自己編個故事，來——笑！

就這樣，兩個「積習難改」的老毛病加起來，哇，不得了，也許中年日子太水波不興了，忽然間，我有個「衝動」，想來——寫！

什麼事都好像有個「機緣」，冥冥之中有那麼一個點；這個點一爆發，常常始料未及，一發不可收拾。

我萬萬沒想到，連做夢也沒夢到，這篇原本屬於「玩」「笑」之作的小說，竟入選《世副》〈小說世界〉徵文！

到現在，我都很想再感受一次當我收到主編徐淑真女士來信時的驚喜，說貼切點，該是狂喜！日子過得平淡的我，大概是一輩子少有的狂喜，我，太高興了！誰說年齡歷鍊會讓舉止沈穩，我沒出息地連看信時手都是抖的！

回顧從那一刻開始，在寫小說這條路上，可以這麼說，當邁開第一步時，若是沒有徐淑真女士的賞識與鼓勵，就沒有往後我一篇接著一篇寫下去的衝動。

如今，把近年來寫的小說結集，以第一篇小說〈月兒彎彎照美洲〉為書名，除了覺得可以cover內中的「故事」外，在我來說，還有另一層特別的意義：想做個紀念，同時也想藉著它來代表我內心由衷地感謝，感謝各報副刊編輯對我的鼓勵與厚愛，以及《小說族》的轉載，轉載不是為了再次的稿費，而是榮幸與再次的鼓勵。

此外，還要感謝三民書局的出版，尤其是編輯部門的「鼎力相助」，校對期間我曾多處加添刪改，校稿讓人眼花撩亂，假如大家的視力受影響或是眼鏡度數加深了，都是我害的。

月兒彎彎照美洲　目次

金三角

在查城，在這典型的南方小城，提起「金三角」是無人不知無人不曉的。在這裡，「金三角」不是地名，是人名，是在 Provident 保險公司任職的金老大的諢名。

提起金三角名氣之響亮是有原因的，那是因為金三角能言善道，凡是老中聚會場合就只聽見查城名嘴金三角一個人在講話，而且，言詞鋒利，說話不饒人，人人都怕他。

至於金老大為什麼叫金三角？無他，只因老金長了一對搭拉的三角眼。「金三角」的由來，據說是金老大還在阿拉巴馬讀書的時候，就被叫開了。不過，這個名號在金老大博士班讀不出來，挾著「博士候選人」的資格回國相親三十八場後，娶回了號稱在日本學過服裝設計，但又沒有學出什麼名堂，下巴長得有點戽斗，看似溫婉其實兇霸霸的鄭婉約，金夫人鄭婉約自認下嫁老金來到阿拉巴馬奧本第一天就發下了一道命令：規定從此以後不准老中再叫自己的老公是金三角！多難聽的外號啊，我堂堂中部望族醫生世家的女兒未來的博士夫人，千挑萬選嫁的是親戚朋友羨慕得半死的準博士，竟被人叫成金三角？哦——老公是金三角，那我不就成了毒梟壓寨夫人罌粟花？

儘管鄭婉約這麼想，老金本人可是一點也不在乎，男人嘛。再何況老金自己還覺得被人叫成金老大金三角，多多少少帶著老大的威儀及說不出來的一股惡勢力呢。所以說，一群老中在一起的時候，只要鄭婉約不在場，金三角還是總瓢把子金老大的「尊稱」。

那麼，金三角的真名到底叫什麼？金老大的真名我是知道的，人家姓金名鴻儒，鴻儒又是個金的，想想也知道這是個原本該名利雙收的好名字。可惜，人算不如天算，本想當個金博士，可是命中註定偏偏只能當個金碩士，當年博士班裡載浮載沈打著「先成家後立業」的旗號回國娶老婆，如今年頭一個年尾一個，兩個小仔都滿屋子跑了，自己還在博士班裡混，住在學校宿舍眼看著人家搬進搬出，心中自是老大不是滋味，這且不說，加上枕邊人大小姐脾氣三天兩頭使性子，開口閉口就是冷言熱語的說當初瞎了眼被騙婚！說到鄭婉約，對老金來說真是一物降一物，別看老金在人前吹得不可一世，在老婆面前卻是雙膝發軟的大豆腐。

話說人一不如意，就想回臺灣。回臺灣，老金不是沒想過，可是接到老頭的來信，衰得跌坐在靠椅上站都站不起來，信上是這樣寫的：

「……回國可以，憑你大伯的人事背景自是可以幫你謀個一官半職，可是，在臺灣混一定得有個博士學位才好，否則，我這張老臉怎麼向人開口說？你為何不能再轉校看看，好歹撈個博士學位再回來，要知道在臺灣洋博士不管什麼出身比土博士都吃得開，鴻儒我兒，不是老爸說你，你是怎麼搞的？……」

看了曾經當過督學，窮畢生心力提倡白話文的老頭來信，老金看了一半就把信揉進了字紙簍！

就在這時，系裡的看板上貼出了一家保險公司徵求精算員（Actuary）的廣告，待遇過得去，總比窩在學校養老當老鼠好，金老大站在磨石子的地上，心中怦然心動，摩拳擦掌地覺得，脫離苦海的新生活就要來到了！

最後，老金就這麼踏上了讀數學系的除了不教書、不搞電腦外的另一條出路，一條進保險公司做精算的不歸路！

「鴻儒，你再說一遍，你說你要去做精算？做精算？這是幹什麼的？」當金老大告訴老婆自己要回頭是岸，不再苦撐非讀個什麼撈什子的博士不可，又搬出了什麼人要為自己活的大道理，還有，就是讀個博士又怎樣，在美國充其量還不是替人作嫁云云，總而言之說了一大套，最後才說出了要去保險公司做精算。鄭婉約聽老公壯士斷腕的同時，正端坐在臥室化妝檯前化那日本式看不出化妝的妝，瞇著半睜半開眼線只畫了一半的眼睛不解地問道。

轉念之間鄭婉約似乎想到什麼，也顧不得眼線只畫了一半，睜著銅鑼眼看得出來情緒不太好的又問：「你說，你真是不打算唸博士了？那——那教我怎麼向臺灣的親戚朋友交代？陪你在這鳥不生蛋的南方鄉下苦了這些年，到最後你打退堂鼓，你教我以後怎麼回臺灣？」

金三角別人不怕，只怕老婆鄭婉約。要知道怕老婆的男人也有奸詐的一面，金三角賠著笑臉對老婆說：「婉約，凡事別只看眼前嘛，妳想想，我進了保險公司，我們一家生活一定比現在當學生好，再說，事在人為，以後我還是可以在職進修，博士學位只要有心讀，遲早還是可以拿到的。別氣了，這禮拜，我們就先開車去田納西那看公寓，汽車哩程那家保險公司說可以報。好啦，好啦，找到工作總是件好事對不對？以後給臺灣的信我來寫，我就說我被一家保險公司高薪禮聘去做『精算師』，話都是人說的，妳還怕妳的親戚會派人來美國調查不成？」

就這麼地，老金連自己都不知道自己是從蜜蜂窩又掉進了馬蜂窩，幹起了苦不堪言比讀博士班好不到哪裡去，甚至可說有過之而無不及的精算這一行。

那麼，精算到底是做什麼的？別說十八年前鄭婉約乍聽之下一頭霧水，就到現在連從小被灌輸保險意識，生老病死全靠買保險，買了保險還覺得不保險的老美，隨便在路上抓個老美問問，問他精算是做什麼的？除了配偶或親友中有人做這一行的例外，敢打賭沒什麼人知道。

「哦，你說精算啊，在保險公司上班？那是賣保險的囉。」不管老中老美一般人都這麼覺得，只要跟保險公司沾了邊，一定都是推銷保險的。

要解釋精算這一行，我想起了一段從電視上的對話，對何謂精算倒是說得一清二楚：一九九三年參加大西洋城美國小姐選拔賽的緬因州小姐，她本人考過兩級精算考試，現在任職新英格蘭人壽精算部門，在她回答司儀的問題：「精算是做什麼的？」

她說：「我們是數字背後的人，我們有很深的數學基礎，比方統計，或然率及利息論等，我們能把保險公司的價格訂出來，客戶能夠負擔得起，而公司方面也有利潤。」

她的這段話，至少有幾千萬老美，在電視上聽到。噢——原來是這麼一回事，不是登廣告打電話拉保險的。

精算若是再細分，可以分：個人、團體、退休、醫藥、健康、產物及社會保險。

套上老中餐館的廣告術語是：種類繁多，不及備載。

還有啊，別忘了成天在數字、公式、條文裡打交道討生活的人，視力就是20／20，也很容易就變成了鬪雞眼。

現在N年過後，老金金三角是幹一行怨一行。他媽的，這碗飯真不是好吃的，每年一到五月、十一月的兩次晉級考試前，金三角就邊看書邊三字經朗朗上口。說來這一行的壓力不是普通的大，老金真是悔不當初，如今回頭已是百年身。老金常常懷念以前在學校口沫橫飛當老大的日子，賴在學校混老大容易，在保險公司年年考試不過，那就臉上無光，升遷無望，一輩子永不得超生。坐在精算部門一排排 Cubicle 前前後後都是尖嘴利舌的老美群中就如坐針氈。

如今，上個月過了五十「大壽」，坐在 Cubicle 裡環顧四周儘是後生小輩的金老大，自怨自艾：老美像我這個年齡早已幹上了獨當一面坐在自己辦公室裡的小頭目了，我……他媽的，時運不濟，十幾年下來考了半天還是停在豪偉、豪傑讀小學時考過的第五級，轉眼這兩個小子都上大學了，老子還在考！……還好，也虧了自己好歹混了十八年是個 ASA（舊制精算考試過了第五級叫 Associate of the Society of Actuary 簡稱ASA），否則，老臉往哪擱？他媽的，真嚥不下這口鳥氣，新來的老中一個個比老夫考得快！老夫偏偏教這些繡花枕頭給比了下去！他媽的，年頭真是變了，現在出國的留學生，就只會窮騷包，哪像我們那時候的留學生，個個篳路藍縷，人來了美國第二天就忙著把家裡標會湊來的保證金二話不說地給寄回去，自己苦哈哈的過日子，每個月想盡辦法寄點錢回家，暑假打工好不容易攢的錢買了一部老爺車，高興的站在車前猛照相。現在呢，這些暴發戶小子什麼叫吃苦耐勞、勤樸堅毅大概聽都沒聽過！一來就是開新車、買房子、寒暑假回臺灣！媽的，人比人氣死人！啊，明天又要收到五月份考試的成績單，……

金三角愈想愈有氣，覺得世人都對他金三角不起。悶坐在 Cubicle 裡新愁舊恨一起來。以前是系老闆還有指導教授對他有成見，現在是小頭目「白皮鞋」狗眼看人低。

正在氣頭上咖啡時間到了也不知，小林的圓臉探了進來：「金老大，中午大家歡送黃狗，北京樓來不來？」

這時金三角正是自己被自己搞得情緒不佳的時候，情緒不佳又不能打電話回去罵老婆，沒好氣地對小林甩了一句：「到時候再說！我現在忙得很！」

剛來公司做精算的小林，當時來公司面談後公司給了 Offer 在找公寓前曾住過老金家，對金老大的這番大恩大德沒齒難忘，儘管金老大沒什麼好臉色，小林仍是一副笑臉地走開了。

小林一走，金三角又開始嘀咕：沒想到當年那個落魄小子黃狗，一路開著破車從印地安那到田納西，誤打誤撞的教他找到了工作，算他狗運好進了公司，這小子，我啊一眼就看得出不簡單，城府深。果然，這狗子做事悶聲不響的多有步驟啊，先釣個洋妞辦身分，短短三年就成了美國公民，接著悶著頭拚命考試，也不知這狗子走的是什麼運，Fellow 居然教他考過了，媽的，洋婆子硬是有幫夫運！現在，這狗子更是此一時也彼一時也，現在鬼使神差搭上了老美的線，當了Fellow要回臺灣××人壽保險做個小頭目！放屁的鳥話誰都會說，說什麼老中在美國混得再好也是衣錦夜行，還不是靠洋婆子給他的身分，否則，美商公司駐臺代表是那麼好撈的？

金三角每到氣頭的時候，顰眉蹙額三角眼就搭拉得更厲害，現在三角得更像是一張哭臉。不用我說，嘀嘀咕咕一個早上的金三角，你該看出來他是什麼樣的人物了？不錯，一點也不錯，是身上帶著只敢只會欺侮老中，特別愛道人是非的劣根性。這種人平常日子裡，跟老美鬥的時候，自覺勢弱往往也就不了了之，心中暗罵一場了事，要是換上清算鬥爭的對象是老中的話，嘿，那就沒那麼簡單了，所以，有句話說得很對：在美國上班做事，怕的不是老美，而是老中！怕就怕公司裡有個心理不平衡、憤世又嫉俗，想盡辦法害老中的老中！

剛才惹得金三角火上加油的黃狗黃天健，能過關斬將短短幾年內拿到 Fellow（所謂 Fellow 是改了考試制度後共需要考四百五十個學分——相等於過去的十級，考試都通過後可拿到精算協會榮譽會員的資格，謂之Fellow，也就是登上精算師的寶座），這真是不簡單的，非得要有真材實料才行，尤其是I–210（學分編號）最難，別說老中先天不良不善於書寫，就連老美考這一關也一樣叫苦連天，考的項目說出來真不是普通的難：一、人壽保險的定價分法　二、準備基金　三、退休保險理論　四、退休保險數學　五、產物保險概念，除了五大本指定教科書外，尚有十餘篇論文及講義。

考這種試沒有功力怎麼行？

所以有人考上Fellow，除了佩服還是佩服，風涼話嫉妒心是自己打自己的嘴巴。不過，金三角大概一輩子都不會這麼想。

當然，男人的事業心都重。再說，精算這一行尤其是人事的壓力，升遷的管道又很窄，同事之間因為都不是傻瓜，排擠及勾心鬪角更甚於其他行業。所以，當了Fellow自然是前途大好的；首先就是薪水比較高，這是現今這個社會看人及自我評量最現實的看法與籌碼。此外開會時，Fellow講話的聲音比較大，寫的報告別人覺得有份量，資格好，往上爬的機會就比較大，還有精算的技巧、範圍，日新月異，有關的報告及論文應接不暇，當Fellow沒有考試壓力，當然有較多的時間來參考這些新的資料，所以這就像億萬富翁愈是有錢愈有錢。能有這番光景，所謂的身分地位也完全像白手起家的億萬富翁，靠的不是祖上餘蔭，而是自己的努力與毅力。

讓金三角誤入歧途，考得頭髮斑白的這一行，據統計是美國離婚率頗高的一行，因為精算的每到考試季節都要發飆一場，一年發兩次。不過，老中配偶就像金三角的老婆鄭婉約之流每到老公發飆季節，也能伸能屈的知收斂，一切等到考完再算帳！誰教女老中都有傳統的美德；能伸能屈、逆來順受、女子報仇三個月不晚。

時間就這樣滴滴答答的過去，中午休息時間一到，金三角雖然一百二十個不願意，還是跟著一票老中自認很有「風度」很老大哥地往公司附近的北京樓走。走在路上金三角反反覆覆想的就是既生瑜何生亮。

小林走在金三角的旁邊，一路小心謹慎地說話，深恐惹了這位奧本學長老大哥。小林到現在還不知道，也許一輩子也不會知道，寄履歷的時候，精算部門小頭目看在兩人同出一校的份上還問過金三角呢，誰知道金三角面不改色地說道現在留學生的素質有問題，卑鄙地私下倒打小林一耙！誰知小林還是進了公司，小林進了公司，金三角老奸的自是有意無意的邀功，感激得小林差點拿張金三角的相片供在廚房當灶神！如此這般上天言好事。小林哪知道老美看上他的是「物美價廉」。事後小林上班不久即被公司送去專給老外開的「英文進修班」，說來又是金三角主動替他向公司「爭取」的，孰不知金三角早已對小頭目「白皮鞋」打過小報告，說是小林的英文有夠破……，小林初入江湖不識人心險詐，至今念念不忘的是當年舉目無親曾在金老大金學長家吃住過，初出道的小林哪裡又知道，金三角的這一「招」，這一「招待」偷偷地都向人事室報了帳，領了津貼。小林根本不知當初就是住在旅館每日三餐都是可以實報實銷的。

一群老中大隊人馬嘰嘰喳喳地殺到了北京樓，大家推舉金三角坐上位，老金自是老大不客氣地坐下，主客黃狗「敬陪」一旁。

說來美國老中餐館菜單全是一個樣兒，用些 Sauce 酸酸甜甜騙老美。眾家男女嘰哩呱啦點的不是木須肉就是陳皮牛，要不就是京都排最後來個咕咾肉，反正，點來點去都是那些菜。

「來，來，來，以茶代酒，祝黃狗此去一帆風順，升官發財，發了財有辦法的時候，不要忘了還在受苦受難苦海無邊的我們！……」手上有不少股票的丘股票首先開口。

「回臺灣是因為家父母年紀大了，再說剛好又有這麼個機會，瑪琳達那也沒什麼意見，所以，下了決心說走就走，回臺灣算了！」黃狗不疾不徐地說道。

「就是說嘛，沒小孩問題就好辦。哪像我們拖兒帶女的問題多多，首先，就是小孩讀書問題，回臺灣上美國學校又負擔不起，除非運氣好從這裡調回去，美國公司替你出學費，自己回臺灣找到的事，領的薪水怎麼能負擔？再說，老婆有工作的又捨不得走，還有啊，大概美國老婆根本不會想到老公在臺灣有什麼不好，像我老婆就是怕我回臺灣，生怕我有婚外情，我自己照照鏡子也知道我又不是秦漢有什麼好擔心的，可是我老婆說現在臺灣女孩看得很開，『不在乎天長地久，只在乎曾經擁有』，我老婆現在連我嘴巴上講講回臺灣也不行。簡直是二十世紀文字獄！」上班愛穿灰西裝的韓灰狗嘻嘻哈哈地邊說邊笑。

「灰狗就是愛說笑，回臺灣也沒那麼恐怖啦。我同學一家回臺灣也過得好好的，只是……跟婆婆有點不好，小孩的中文現在呱呱叫，比在這裡上十年的中文學校還有用。回臺灣，誰不想回啊，我也想。只不過，在美國日子單純清靜慣了，回臺灣應酬太多受不了，再說，我們女的回去一定要跟婆家有來往，在美國這些年逢年過節寄寄卡片和禮物，公婆姑叔來美國陪著玩玩也就好。可是，回了臺灣，恐怕就沒這麼單純，在一起的時間一久難免有摩擦、有事端，不是不要做好媳婦，實在是有點怕……」唯一的精算之花曾心慧這麼說。

「有媳婦像這樣子就不錯了。我太太跟我老母就相處不太好，要不是我這做兒子的兩頭哄，早就出人命！說來說去黃狗最好命，太太是老美沒有老中幾千年傳下來的倫理大包袱。人家老美結婚娶嫁的是個人，我們老中是整個一家族！黃狗，不說別的，你真是我們 Provident 的老中之光！連考連中，讚！氣死老美，有夠ㄍㄠˊ！」說完，小鬍子陳查理咬了一口咕咾肉。

靜坐在上位的金老大聽著這些後生晚輩的話，根本不想聽，一反常態地不說話，菸倒是一根接著又一根。面前甜甜酸酸的飯菜，心中酸得更是沒胃口。最後金老大金三角捻熄了菸，一副發佈小道消息故作神祕狀地對大家說：「讓我告訴你們一件事罷，你們知不知道蔡蓓蓓又要回來了？」

「金老大，真的啊？」曾心慧大驚小怪的開口，女人聽到小道消息最愛說的就是「真的啊」。

「千真萬確，是人事室的胖祕書告訴我的。」

「當時，蔡蓓蓓走的時候不是鬧得轟轟烈烈，發誓說以後再也不要看『白皮鞋』的老色臉！」

「誰曉得究竟這是怎麼一回事，反正一個巴掌拍不響，男歡女愛嘛，這種事輪不到旁人插嘴，有句話不是說『勸賭不勸嫖，勸嫖兩不來』，你們別看『白皮鞋』愛穿白皮鞋，內心色得很，這傢伙是Womanizer，背著老婆專愛跟女人吊膀子，……通常離開了一個公司想再回來不是那麼容易的，想不到蔡蓓蓓倒是來去自如，這代表她一定跟老色鬼有一手，有沒有上床我是沒看到，不過，你們想想也知道，老色鬼是那麼好打發的？」金三角這時精神來了，又恢復了口沫橫飛的神采，神祕兮兮說得活靈活現。

「也不見得噢，不過，蔡蓓蓓英文是少見的好，倒是真的。」

「丘股票，告訴你，她英文好是應該的，家裡有錢從小讀的是美國學校，高中又是送出來在美國唸的，英文怎麼能不好？反正，十足的香蕉一個。自認是現代豪放女，被人甩了又會哇哇叫。別說她英文好，英文好要像我們這些全靠自己死K讀出來的才教人沒話說。」金三角想到自己去年春節聯歡會上被推選出來主持節目，當著一群老中講的全是自認一把罩的英語，因此格外不以為然地自說自話。

「看吧，以後有的是好戲上場，遲早『白皮鞋』的老婆會知道，『白皮鞋』自己也不想想能在公司呼風喚雨還不是仗著老丈人的勢力，說到這種男人，你們知不知道在Volunteer Life上班的陳大肥老婆是誰？是臺灣××企業老闆的小女兒！怪不得跩得一來就騷包的在湖邊買了一棟大房子，開的是Benz，岳父大人來了馬上請假陪他去打高爾夫球，買房子要靠自己，靠家裡拿錢買算什麼?!你們知不知道，陳大肥是在佛羅里達教書沒得混才轉行做精算的，還有那個在Blue Cross Blue Shield的老李，博士班混不下，沒辦法才走這一條路的，這傢伙我最清楚，當年，在奧本……」

金三角的「想當年」人人怕，可是就是沒人敢說話。提起奧本老李是金三角心中永遠的恨，自視甚高的金三角這輩子唯一追過的女人就是當年也在奧本讀書的譚嘉慧，最後卻成了李太太。金三角一氣之下，回國相親三十八場，一月之內結婚，娶得鄭婉約帶著一份厚重的妝奩來美才稍稍平息了金三角的心頭恨。

如今，N年過後，金三角只要逮住機會一定痛宰。這件事金夫人鄭婉約還不知道呢，一直以為老公這麼怕她在她面前不敢造次，是因為自己是他的初戀。

……

「哎呀，怎麼一個鐘頭過得這麼快？」曾心慧又是大驚小怪。

買了單，原班人馬往回走，也不知是怎麼搞得，大家同時想起了一個殘酷的事實——

「欸，明天會收到五月份考試的成績單！不知道過不過？」

金三角就在這時不由地抬頭望了望天空飄浮的白雲，悠悠忽忽在心裡自己對自己說：「反正，考不過我會對人說我是以一分之差，倒楣的考了五分沒過關。萬一……老天有眼教我過了，那我就說我像以前考五級拿 ASA 一樣是以滿分十分通過的。」

第二天，當金三角下班回到家，顫巍巍地拆開了寄來的成績單，一個不穩跌坐在當年在奧本住宿舍時的靠椅上，這個破椅子鄭婉約想也想不通為什麼老公就是捨不得扔，換了幾次椅面，只覺得像是老婦擦粉有股說不出的淒涼況味，這時刻平常能言善道的金三角臉上既沒笑也沒哭只是麻木，成績單就這麼隨手地滑落在地毯上。

不用說，我們都知道，這回金老大金三角是考了幾分。

路遙知瑪莉

在美國這十幾快二十年下來，我已不再像剛來的時候一樣，只要一見郵差就人來瘋似地立刻衝出去拿信了。因為，現在我知道，沒人會寫信給我，只有銀行會寄信給我，會每月不忘按時寄信用卡的帳單給我。因此，當我從信箱拿出一疊帳單和一疊花花綠綠教人看了會花錢的大減價廣告單——上當花錢後，信箱裡又會惡性循環有銀行帳單的 Junk Mail ——沒好氣的正要把它們順手扔進門口放置的 Recycle 分類垃圾桶中時，忽然，我看見手中握的一本推銷 Avon 化妝品的 Catalog 上署名為 Mrs. Mary Blood 的 Avon Lady 用原子筆在封底寫了一行歪歪倒倒不仔細辨認不容易認出的幾個中國字——「有緣千里來相會」！這幾個中國「象形」文字夾在一群蟹形文字中，就在我要扔這本 Catalog 的時候，好像在對我擠眉弄眼說哈囉呢，我這個人別的沒有，就是有強烈的好奇心，現在既然有人對我說「有緣千里來相會」，我怎好把這場冥冥中的「緣」分讓無情的機器把它打個稀爛變成再生紙漿呢？再說，人不親

「字」親，就衝著這幾個中國字，對我來說，就夠親切的。我決定不扔這本Catalog了。這打心底油然而生的溫馨感，實在有夠燒有夠暖的，就像小時候住臺南，冬天只要一件「蓬紗衫」，就足以燒燒的禦寒過冬了。這種感覺真好，想不到人來了美國，乍見幾個寫得狗爬似的中國字就能一解鄉愁，讓人有如沐浴在冬陽下的感覺。

我把這本Catalog帶進了屋裡。我不知自己是不是中計了，不過，我的好奇心驅使我想要認識這個會寫中國字的江湖怪馬倒是真的。我看了看本子上留下的電話號碼是5943838，「594」不就是我們這個社區方圓數十哩的區域號碼嗎？那麼，她這個人該住在附近囉，好吧，隨便向她買點化妝品，這樣才好藉機看看這個人，我一邊呷咖啡一邊做點頭狀，自認老謀深算的這麼想。

不久我開始幻想自己買了一大堆化妝品後，晚上敷面時可以嚇死人的青面獠牙模樣，竟一個人咯咯地笑起來。我看過一本書說無聊時會自顧發笑的人多半是愛幻想又帶點神經質的。我想我就是屬於這一類型的人物。可是儘管如此，我的外表卻裝得很一本正經；套用現今常用的名詞是，我的「包裝」與「造型」給人的「形象」太好了。在別人的眼裡我是個沈默寡言的女老中，每天早上像報時鐘一樣準時出門，我梳著一絲不苟的清湯掛麵頭，穿著式樣保守大方且永不退流行的套裝去上班。中午休息時間，老美同事有事沒事都出去的時候，我一個人安靜地坐在休息室的一角吃三明治和看書。我從小被在中學教歷史閒暇又喜歡賦詩填詞的老爸和老媽訓練得像國畫上的仕女一樣，臉上總是帶著那種沒有表情的表情，就是遇到好笑的事，別人都開懷大笑的時候，我如同京劇裡的青衣一樣笑不露齒。坐嘛，我也只坐半張椅子力求儀容端莊。我這自小被打造的中國仕女「模型」使得辦公室的一群傻老美自然被我唬住，認為我是個嫻靜的東方女子。這且不說，就連跟我共同生活十幾年的枕邊人，在保險公司做精算的老公，整天「精算」的人也沒有算計到身邊的老婆竟有鮮為人知的一面呢。佛洛伊德說，人或多或少都是雙重或多重個性的，我想我這個「假仙」的人該是「雙面夏娃」。我坐在廚房臨窗的角落如此這般「剖析」自己。憑良心說，這胡思亂想的一刻正是我一天中最愛的時刻。

就在這時奇怪的事發生了……我的手開始不聽使喚的，抖了起來，我不寒而慄不知何以自己的行徑會變得如此荒誕乖離？萬一……萬一走火入魔，佛洛伊德又說人的夢幻行為往往取決於兒童幼年期……我溯源而上，啊，我電光石火般的想起來了——想起一直在我記憶黑洞裡常常擾我清夢，從小害得我心理不平衡，我那小學、中學同班同學，也是我小時住在公家宿舍的隔壁鄰居——常常保護我，又常常欺負我；有時拍拍我哄哄我，有時又愛捉弄我陷害我的——王——瑪——莉！

天啊，那個天不怕地不怕，從小教老師和中學的訓導主任、管理組長頭痛的王瑪莉！

從小一起長大，而且兩個人還是同年同月同日生的王瑪莉，不就寫的如眼前一樣教人難以忘懷字跡潦草如清炒花枝的捲體字嗎？老——天——爺——，會是她？我像以前在臺灣看早期的電視影集《奇幻人間》一樣起了一身雞皮疙瘩，真的會這麼巧地「有緣」千里來相會?!

頓時，我心頭一顫，午後窗外的花影這時就像電影一樣逐漸地擴大擴散焦距模糊，我意眩神馳……隨著幢幢花影時空流轉地把我帶回了也是個窗外有花，教室窗外鳳凰花盛開，小學即將畢業的夏天……

在臺南進學國校六年戊班的教室裡，我們正流行一窩蜂地互簽畢業紀念冊。我的紀念冊在班上走了一圈後，上面有「勿忘影中人」、「勿忘同窗共硯時」、以及「人死留名，豹死留皮」，還有的是「人生自古誰無死，留取丹心照汗青」……當然最吉利的好口采是「祝君金榜題名」和「六年寒窗無人問，一舉成名天下知」，印象最深刻的就是同座王瑪莉給我寫的「有緣千里來相會，無緣對面不相識」，這教後來被級任老師簽紀念冊時看到了，臉都氣綠了！大罵王瑪莉不知死活，眼看聯考就到了，連「緣」「綠」還搞不清，這怎麼去考試?!常常寫錯字唸白字的王瑪莉最後噘著嘴在黑板上被罰寫一百遍。

畢業紀念冊簽完不久就是畢業典禮。假如童年是以小學畢業來劃分，那我的童年就在〈青青校樹〉畢業歌裡結束。畢業典禮那天，當致辭贈言結束，齊聲高唱〈驪歌〉的時候，一聽到在校生先唱：「青青校樹，灼灼庭花，記取囊螢窗下……」我們這群女生中就有人「哇」的一聲哭起來，這帶頭的哭聲就像黑夜中村莊的狗吠一樣，有傳染性也有響應性的；接著就引起了無數聲嚶嚶泣泣的哭聲。斷斷續續的哭聲在輪到畢業生唱到：「……聽唱〈驪歌〉，難捨舊雨，何年重遇天涯？」一時禮堂的哭聲達到了高潮！我印象深刻的記得，我和王瑪莉肩並肩手牽手地站在一起，我們兩個當時一點也不難過，因為——我們就住在彼此的隔壁。

童年往事，歷歷如繪。想不到事隔三十多年後，在我即將做晚飯的時候，讓我不得不想得翩連呈現眼前。有人說童年像一首歌，而我童年裡的最後一首歌是如此教人難忘。

跟王瑪莉在一起的事，好像每一件都令人難忘的……進了中學，真的如王瑪莉說的有緣，我們又再度同班！當了中學生大家似乎一夜之間改口唱起西洋歌曲來，好像唯獨這樣才表示有深度有內涵。王瑪莉是班上的康樂股長自然義不容辭地領頭帶著我們唱洋歌，我們雞貓子喊叫唱的是當時流行的Sad Movies和Wooden Heart。王瑪莉，有她的歪才，說也奇怪，英文課文怎樣背也背不出來，唱洋歌只要哼唱一兩遍就記得牢牢的。這時王瑪莉是我們女中小有名氣的校花，個子一下子竄得高䠷，再加上天生的捲髮，配上白皙的皮膚和靈活的大眼，在大家身材都像搓衣板的時候，王瑪莉卻凹凸分明玲瓏有致——這拉風搶眼的外型，還有唱洋文歌愛嚼泡泡糖（那時還沒有口香糖）的毛病，不幸地，就被學校的管理組長一口咬定王瑪莉是不學好愛時髦，偷偷燙了頭髮在耍太妹！自古紅顏多薄命，王瑪莉就這樣被逼上梁山莫名其妙地當了老師口中的「太妹」。

漂亮的女孩都是會讓男生像卡通片一樣眼珠加了彈簧要掉脫出來的，讀女中時的王瑪莉每天放學在校門口等她的男生就有一大票。在我們各個還是陰陽怪氣忸忸怩怩的年齡，王瑪莉卻一反「常態」的大大方方地跟男生們有說有笑。

我真不願回想自己那時的「德性」，我恨自己乖乖的留著中分齊耳露出髮根像毛澤東似的頭髮。可恨的頭髮下又戴著像醬油瓶底的眼鏡，長裙過膝背著重重的大書包，走起路來彎腰駝背的，簡直……簡直像個虎姑婆！我這被老師眼裡看來從不惹是生非的學生，在聽話的外表下，我好想好想跟王瑪莉一樣當個看起來帥氣十足——衣領往上翻，騎的腳踏車座墊拔得老高，手腕上綁個紅色帕的好看「太妹」！

說到太妹，到現在我都不認為王瑪莉是真正的太妹，充其量只不過比較好玩又會玩而已，而這些都要有點小聰明才行。我默默的每天上下學，偶爾王瑪莉沒人纏的時候會騎車載我回家，大家都奇怪為什麼兩個極端的人會走在一起？我那時功課不錯，可是我一點也不快樂。我羨慕甚至嫉妒王瑪莉的世界，我也想有她一樣的捲髮，也想有人注意我，還有，更想有像她一樣的洋名字。提起名字，這是我心中永遠的痛，唉，怪只怪自己的老爸是個歷史老師，老爸把我和弟弟的名字都取自歷史上的人名。人家王瑪莉爸爸是教英文的，給王瑪莉取的就是到了美國都可以用的洋里洋氣的洋名。教我說我自己的名字，到現在這麼老了，仍教人難以啟齒，記得爸爸曾說他一生中最欣賞的兩個歷史人物：一是漢朝武將霍去病，一是宋朝詞人辛棄疾。當我和雙胞胎弟弟出生時，爸爸事後回憶時對我們說「去病」和「棄疾」這兩個名字天造地設的就像一對雙胞胎的名字，於是遂給我跟弟弟按著年代先後取了這兩個名字。這名字等我長大懂事又開始愛漂亮的時候，卻教我恨得牙癢，因為我們姓——「毛」！好個驢驢的毛去病！這還不打緊，我自小就常聽老爸吟哦他最喜歡辛棄疾〈破陣子〉中的最後兩句：「贏得生前身後名，可憐白髮生」，我天天聽，聽得耳濡「髮」染，害得我才上初中就一頭少年白。

有這個開不了口的怪名字，直到結婚嫁人來了美國，才徹徹底底的重新做人。美國雖然說是女權伸張，結了婚的女人都冠夫姓的，我名換姓移，在這裡隱姓埋名沒人知道我的過去。在我給自己取洋名的時候，我想老中都是儘量按中文名字發音來配合，「去病」發音不出什麼洋名字，那就取其意，「去病」意謂「健康」，健康是Health，那我就以「H」為名叫Heather吧。

到了晚上，我一天下來的胡思亂想在時光隧道裡的一番心路歷程總要有個「交代」有個「歸宿」才行，在我把家事做完後，我照著 Avon Lady 留下的電話號碼撥了個電話過去。

「Hello, This is Heather Lee. May I Speak to Mrs. Mary Blood?」

「This is she. 妳好，會講國語吧……」

是個會講中國話的 Avon Lady！這個新社區裡不見老中，我喜出望外：「妳說得好……好字正腔圓啊……」我的話還沒說完，電話那頭就是一陣粗里粗氣的笑聲，「我本來就是老中嘛，嘻嘻，我才搬來這個看起來鳥不生蛋的地方，想不到這裡也有老中在蘇武牧羊。哇噻，這實在太好了！」

當我把要買的化妝品告訴了這位布拉德太太（我實在不好意思說的血淋淋），電話中新搬來說話有點大剌剌的老中鄰居說一個星期後會送化妝品上門。

誰知——一個星期過後當 Avon Lady 上門按下叮——噹——的門鈴時，一開門，衝著我的竟是一聲自小耳熟的尖叫：「死——鬼——喲，怎麼會是妳?!」

我差點昏倒！此人不是別人，正是咋呼咋呼的王——瑪——莉！

「毛妹子啊，哇——」王瑪莉撲的一聲就抱著我哭了起來。我的個子比她矮小，在她撲向我的時候，像武俠小說中「黑虎抓心」，我被震得幾乎摔倒。

當我們哭也哭夠笑也笑夠，我的老公跟王瑪莉寒暄過後，又鑽進書房繼續玩電腦。這時客廳成了我們兩個「他鄉遇故知」的女人的天下。

「毛妹子……」

我已經好久沒有聽人叫我毛妹子了。毛妹子是我的小名，我們湖南人稱女孩子叫「妹子」，姓毛就叫「毛妹子」。我是個很念舊的人，遂即也想起了王瑪莉在女中的外號。

「聖母峰……」

「喂，喂，少噁心。簡直比『波霸』還噁心。以後少叫我這個色情的外號。」王瑪莉如此說道，可是人卻是喜孜孜的。

「那——妳也不要叫我毛妹子，叫我Heather。現在沒人知道我以前叫什麼。」後來我發現我說了是白說，王瑪莉情急之下還是叫我毛妹子。

跟王瑪莉異地重逢，一下子要把中學後二十多年的空白銜接起來是不容易的。只有挑著重點問：「高中畢業，我家搬臺北後，妳到哪裡去了，怎麼找都找不到妳。」

「我在香港。」

「幹嘛？」

「嫁人。」

「跟誰？」

「跟常在我家門口站崗的那個洋涇濱閻純淡。」

「那，妳當起那門子的Mrs. Blood？哦，搞噱頭啊？就像妳在小本子後面寫點中國字？」

「說來話長。先說賣Avon。來了美國我就開始賣Avon。賣了這麼多年，我發現寫點中國字可以唬老美。洋婆子總會問我這是什麼意思，我就跩幾句唬唬好奇的老美。告訴她們天下這麼多信箱，我為什麼單單把Catalog放進妳的信箱？這就是妳我前輩子註定的緣分，老美最近很流行搞上輩子自己是什麼的。」說完，王瑪莉表情一下子變得凝重起來，眼眶含著兩泡欲滴的淚拉著我的手對我說：「毛妹子，哦，對不起，Heather，我遇人不淑……閻純淡那個蠢蛋，早就滾蛋了。我被他害得當了好幾年的過街老鼠，妳聽，聲音都是那時跟債權人叫啞的。他倒好，出了紕漏腳底抹油一腳溜到玻利維亞，叫老娘收拾爛攤子！妳說虧不虧？有陣子我哥我嫂子看了我就像見了瘟疫！唯恐躲避不及！夠衰的，真是世態炎涼。告訴妳，人要倒起楣來就是天天抱著蟾蜍睡都發不起來。被蠢蛋害得玩股票、簽六合彩、搞地下錢莊沒一樣發……反正，這年頭人不如意就兩頭跑，在美國不得志就回臺灣求發展，回臺灣療養院養傷。在臺灣混不下去，就來美國換碼頭。歌星明星來美國是『充電』，順便還可以偷生個孩子，我啊，當年該押的押，該賣的賣，清潔溜溜地來了美國，只想換楣運，再世為人！

當經濟逃犯嘛，不是沒想過，反正現在也流行。可是……我這個性偏偏打落牙齒和血吞，說來說去還要這張臉。毛妹子，想想也氣悶，這年頭太保老了照樣有的混，當個幫主堂主呼風喚雨仍然威風八面，搞雜誌搞電影都是文藝影劇大亨，就沒聽說過老太妹有什麼事業，有什麼一片天？太妹老了，只有——賣 Avon！本姑奶奶現在是 Avon Lady Mrs. Mary Blood，布拉德太太。妳的老友我，如今是二度梅開和番當民族英雄啦，洋老公叫 Richard，妳哪天到我家來瞧瞧就知道。告訴妳人家是中文發燒友，以前在師大語文中心學過中文，很之乎者也的。哈，現在我可找到人了，以後讓他來問妳這個讀文的。對了，毛妹子，絕句是什麼？韓非子又是誰？他問我，我問誰？我亂蓋，告訴他絕句是很絕的話。韓非子，非子，就不是男人。妳知道我最討厭國文，什麼自稱『賤妾』、『竊職』看了就一肚子火。就是因為這緣故，國文能不碰就不碰，免得連自尊都沒有。還記得不，我每年都補考。想不到是災躲不過，臨到老了還要受折磨！我跟一般老美一樣只知芙蓉蛋，Egg Foo Young，昨天 Richard 問我芙蓉面是什麼？我都快瘋了，還有什麼鷓鴣天，我哪知道？我只知道我們小時候生病吃的鷓鴣菜，以後全都由妳來說。嘿，我就是說嘛，我不可能因為在臺灣栽了個跟斗就永遠翻不了身，永遠這麼背，今天遇到了妳，我可能因此就要轉運了！真想不到，美國這麼大，我們兩個像跳降落傘一樣，定點降落都在一點上！毛妹子，自從我老爸老媽翹了後，我已沒有親人了，如今，妳是我的親人，妳不當也要當。我老爸老媽在世的時候，老哥那兒勉強算半個娘家，現在中間夾個幸災樂禍又見不得我過得比她好的嫂子，大家形同陌路不來往。不來往最好，親戚處不來就別見面。搬到這裡禮貌上打個電話告知老哥一聲，嫂子在分機上偷聽，一聽到我們搬來就馬上買房子，語氣不對了，酸溜溜地說老天有眼這次可讓我嫁了個好人，不必再背債躲債主了。女人啊，都是諜對諜。……這老公 Richard 說實在的長得不怎麼的，禿頭，一拳ㄏㄤ不出個屁來。有閻純淡那個蠢蛋繡花枕頭的教訓，男人好看有個屁用？妳覺得好看，人家也覺得好看，我看男人再也不看外表了，只要人老實就好。轉眼我們就四十了……」王瑪莉一口氣話說二十年。

「不，我們兩個上個月過四十五歲生日。妳不記得我們兩個是同年同月同日生的？」

「女人三十九歲要過五年妳知不知道？再說過生日，哪個女人過陽曆生日？就是陽曆生日也要說成陰曆生日，能年輕一個月是一個月。為什麼我們平白要比別人老一個月？」王瑪莉白了我一眼。

「剛才我說到哪了？哦，說到和番。忘了告訴妳，我們是怎麼認識的，我們是電腦介紹的。當初他要找個講中國話的，我要找個內向保守的，妳知道嗎，電腦配的是絕配——後來我發現，他對花草過敏，我對貓狗過敏。這下子可好，看對了眼結了婚，整天藍眼對黑眼的，家裡什麼也沒有，我……在妳面前不說假話，我連個蛋都生不出！奇怪囉，看妳從小彎腰駝背發育不良的，怎麼這麼會生？一口氣就連生四個，生葡萄胎啊妳！妳說我要不要去領養個小孩？要不就去做個試管嬰兒？不行吔，我和 Richard 都嫌老了，辛辛苦苦弄出來是個蒙古症怎麼辦？」

王瑪莉真的一點也沒變。她清清楚楚的情緒，陰晴暑雨全擺在臉上的表情還是和以前一樣。有哪個女人會說自己婚前曾是「太妹」？聽的最多的，就是自己婚前嬌貴得不曾下廚房，不會做飯。好像這是一項光榮，是好家世好出身的表徵?!沒辦法，女人都愛在人前這麼說，不這麼說豈不就等於自己出身清寒，唉，虛偽矯飾喲。我「佩服」眼前王瑪莉真實不矯飾的個性，我知道這是我一輩子都放不開又做不到的。

自從王瑪莉出現後，我這拘謹的，表裡不一的「無趣馬」（王瑪莉這麼叫我）變得花俏不少；頭髮被死拖活拉像押犯人似的燙了，衣服也五顏六色的像個花園。老公孩子都覺得我不一樣了。有人說愛情可以使女人皮膚光澤，我覺得友情亦然，因為鬼使神差出現的老友除了賣化妝品外還在家幫人「做臉」。

說來，有個王瑪莉在身邊當狗頭軍師，日子是不寂寞的。不過，不寂寞從另外一個角度來說就是滿吵的。

某日，王瑪莉一個聲淚俱下的電話，在我平靜無波的生活，掀起了陣陣波瀾。

「毛……妹子……，」王瑪莉在電話的一頭哭：「我，我完了……妳能不能來我這一趟？……現在只有我一個人在家，連個說話的人都沒有，我……好害怕，也好難過……」

放了電話，我二話不說，立刻開車奔了過去。一進門一股菸臭酒臭撲鼻。廚房桌上，客廳茶几像電視劇裡受了刺激的人上戲前，負責道具佈景的工作人員特意經心的佈置過。

「怎麼回事？」我看著披頭散髮淚痕斑斑的王瑪莉，「Richard 呢？……」我察覺空氣中有些不對勁。

「他不在家。他……」王瑪莉一說到他，立刻眼睛又有淚水。「毛妹子，妳是寫小說的，妳說老公他不年不節忽然送花給妳，這代表什麼？」

「自然是人家想起什麼值得紀念的事，表示他仍然很在意這件事，他喜歡妳嘛。」

「NO——，這代表他在外面做了虧心事！」

「我已經起疑心好久，妳想，他對花草過敏，幹嘛冒著打噴嚏、眼睛癢的難過勁兒每天送花給我？就是有花店倒閉要關門了清倉大拍賣，花大減價也不是這種送法？他一定是要跟我攤牌說什麼，說不定，在外面有了女人，女人懷了孕要跟他結婚，搞不好小孩已經好大了，要認祖歸宗。」

「妳先別照電視劇裡的情節亂想，」Richard 這個中文名字叫布瑞杰的老美木訥得很，禿頭又加上好幾百度的近視眼，摘了眼鏡連老婆在哪裡都看不到，還會有外遇？「王瑪莉，不是我說妳，布瑞杰根本不像會有外遇的樣子。」我討厭當個唯恐天下不亂的人。再說事情根本不清不楚，怎能亂下定語。

「男人有外遇，還會在臉上寫著說我有外遇？不叫的狗會咬人。看來老實土驢驢的男人，一旦花起來比誰都厲害。狗屎老美，有洋騷還有悶騷，媽的，王八蛋臭雞蛋！……」王瑪莉脾氣上來就會亂罵人，小時候就這麼罵男生，把男生罵得狗血淋頭，我都不太好意思聽。

「冷靜點，事情沒弄清楚別先罵人。讓我說句公道話，人家布瑞杰那回不是看著妳的臉說話，開口閉口蜂蜜長蜂蜜短的。」

「是什麼時候了，妳還有心情消遣我?!妳也不是不知道，老美學中文走火入魔就是這個鬼樣子，什麼話都要翻成中文來講，跟老中的洋涇濱動不動就要跩上兩句英文一樣。別提了，布瑞杰連早餐吃的 Muffin 都不嫌煩的要追著你問這個中國話該怎麼說，我說中國沒這玩意兒叫小圓餅罷，誰曉得他頑固得很，硬要說成發音像中國話的馬糞！我又氣又好笑，害得我看了就倒胃，我對他說要吃你去吃，我以後不再吃這玩意了……跟布瑞杰過這種日子也就算了，當初，我就看上他這個人憨憨的沒壞心眼，心想二度梅開，這回嫁人可要找個老實靠得住的人，結果呢，要變心還是變心！我的命怎麼這麼苦？命苦的掉到糖罐子裡也甜不起來……嗚……風燭殘年，老戲又要新唱，我不甘心！一百二十個不甘心！早知道我要找個更傻更不起眼的會一心一意對我真正好的人，哪怕他是個挑糞的！」

「現在要找幹這一行的，恐怕很難。」

「毛、妹、子！」王瑪莉大叫。

「妳到底要不要幫我？告訴妳布瑞杰在外面的女人小孩都生出來了——剛才我是說得含蓄，真的是有那麼一回事！妳說我該怎麼辦？當個裝聾作啞的老婆？還是天天幫他放——洗澡水教他良心發現感動得跪在妳的面前哭？哼，我才不當這種老婆！可恨的是什麼名字不好取，在外面的私生女也叫瑪莉?!王八蛋！這還是我聰明有天故意去洗澡把水放的老大，自己躡手躡腳聽他講電話偷聽到的！」王瑪莉愈說愈氣，一連噴了好幾口煙，好像能多噴幾口是幾口，不吐不快。

我的心情一下子變得真正的沈重起來。因為這教我想起了自己的表妹。當年表妹那個奸詐使壞的老公徐永岱不也是一樣，跟上班桃運公司裡的黃姓狐狸黃厲媚不也是這般？背著表妹一個有婦之夫一個東窗事發後故意先抓個冤大頭結婚來個「障眼法」的有「夫」之婦，兩人戀姦情熱搞得滿城風雨，男人要絕情無義刻薄寡恩倒是沒有什麼事做不出來的。

三年前我不知道該怎麼安慰委曲求全的表妹，如今，我也不知如何安慰個性剛烈的王瑪莉。因為安慰人的話永遠無關痛癢，永遠無法感同身受，再多婦女專欄上寫的話，都沒辦法撫平一顆受了傷的心。是誰說的男人變心就當自己在人生的道路上不小心踩到狗屎了，雖然說得不夠文雅，可倒也洩憤洩恨。

第二天一覺醒來，我心身俱疲。因為在夢中，新仇舊恨交加，我夢到我和王瑪莉跟那個女人，三人打了一夜。

我開始擔心王瑪莉。擔心王瑪莉的性子烈，她不像表妹是逆來順受的人，搞不好會出事。可是過了個把月卻沒有王瑪莉的消息，清官難斷家務事，這私事別人不提自己最好不要問。也許……我儘量往好的方面想，也許只是王瑪莉疑神疑鬼。說真的，布瑞杰不像命中犯桃花的男人，每天下班後一頭栽進書房看《儒林外史》的老美，有哪個美國女人有興趣？

我所擔心的王瑪莉就在我下班回家不久，像往常一樣又在廚房削胡蘿蔔切包心菜的時候，行色匆匆路過撂下一句話就走。王瑪莉說最近晚上上課忙得很，我很替王瑪莉高興，高興她有了這樣的轉變。女人是要有精神寄託的，有精神寄託才不會胡思亂想。可是——我的精神寄託卻教我不停地胡思亂想?!……哦，王瑪莉說明天叫我下了班不要直接回家，在辦公大樓的餐廳等她，說是有「要事」商量。正好，這禮拜老公休假在家，中原有主。今年我們決定不度假了，決定「休戰」一年。說到度假每年都在路上為找路、找旅館還有為孩子哭鬧兩人在車子裡大吵特吵，外出度假成了在名勝古蹟吵架的代名詞。現代夫妻平日生活各有各的天空不覺得，一旦雙方拿了休假要 Relax 去度假，全天候的大眼瞪小眼的在一起，就變得劍拔弩張，在我們家每回度假都嚷著回家第一件事就是找律師辦離婚。今年「痛定思痛」輪流休假在家閉門思過韜光養晦。我不知道別人家是不是這樣，夫妻相處之道是不是一路在披荊斬棘？我忽然憬悟：婚姻的幸福與否，在於說與不說；不說的，別人看來就是美滿幸福。我想，明天我要這麼告訴王瑪莉。

可是在我見了王瑪莉正要開口時，王瑪莉卻搶著對我說：「妳記不記得我們小學五年級學的算術四則問題？」

「妳現在是每天晚上去補習算術？」我一頭霧水，我知道這傢伙是不按牌理出牌的。

「妳記得吧，告訴妳，小時候學的東西是一輩子忘不了的。這些日子以來我就是靠四則問題幫我抽絲剝繭收集證據，結果是——確定 Richard 有外遇，與人——通姦！妳記不記得『和差問題』中有大數小數？這讓我靈機一動的想起了大老婆和小老婆。接下來是『平均問題』，平均是總和除以個數對吧，那我就在月曆上登記每週我們那個的事，妳懂我指的是什麼吧，相信妳懂，否則也生不出那麼多小孩！我們的平均數是每下愈況，那就代表 Richard 在搞『植樹問題』！植樹問題就是一端種一端不種，現在他下了班就常常不見人影非拖到我快看完了56臺的老中電視才回家，妳說，這不就是一端種一端不種？最後，是『行程問題』，哈，天助我也，活該他倒楣，我跟神探哥倫布差不多，有回哥倫布破案就是看車子的哩程數破案的。於是，我真人不露相地先在他車上偷偷做好記號，抄下哩程數，自己也從家裡開到他上班的 Fort Meade，邪門哪，他每天都超過，後來我跟蹤發現原來他每天開著他的 Pinto 下了班是去離 Fort Meade 不遠的 Columbia 會姘頭的，好哇，開 Pinto 去會姘頭！」王瑪莉大嗓門噼哩啪啦罵將起來。我楞得把原本想要講的話全給忘了。

「毛妹子，不，Heather，妳還記不記得我們小時候在後院捉蝴蝶捉蜻蜓的往事？」

王瑪莉今天的往日情懷特別多。「怎麼不記得，當然記得。每次我在捏著手指頭快捉到蜻蜓的時候，妳都在旁邊大叫：蜻蜓，蜻蜓，快點飛，有人來捉你！」我一想到跟王瑪莉在一起處處吃鱉的童年往事就一肚子氣。

「好。我就知道妳念舊，妳會記得我們的過去交情。那麼——今天晚上妳陪我去捉——姦！」

「為什麼要去捉——姦——？」

「妳真的有毛病是不是？老公有外遇，我是死人哪，不去捉姦，難不成要去捉蝴蝶，捉蜻蜓不成?」

「我不敢去,也不要去,也不喜歡去。」

「妳為什麼這麼怕死,沒出息?」

「不是啦,捉姦好像是警察和偵探的事,我們又不是。」

「少驢了,美國的警察還像臺灣的警察一樣?只要去派出所報個案,就會有警察騎著單車或是機車跟妳滿街跑,陪妳去捉姦?」

「可不可以不要非找我,……」一想到萬一撞進門去,有那種限制級的鏡頭怎麼辦?我喜歡科幻,可是不喜歡色情。

「妳怕什麼?再說,在美國我只有妳這麼一個可以陪我去捉姦的老友。不找妳,找誰?這樣吧,妳只要幫我把把風,到時候幫幫腔,敲敲邊鼓就行。安啦,有我在。到時候要殺要剮是我的事。」

「妳要殺人?!王瑪莉,年紀這麼大了,不要這麼衝動行不行?」我背脊骨發涼,萬一……萬一明天上了報,報上會這麼寫:「哥倫比亞滅門血案,兩神祕東方女子涉嫌殺人。警方據目擊人指證,已繪出一高一矮兇嫌特徵,高的眉毛特黑(王瑪莉是有紋眉的)……」完了,萬一電視新聞上被人看到,那我以後還要不要做人?我的科幻小說只有在牢裡寫了,科幻小說寫不成，成了懸疑謀殺案……

「喂，少心不在馬（焉），機警點。否則怎麼辦事？啾，妳看，這是什麼？」王瑪莉從皮包裡掏出一把約巴掌大小粉紅色鑲銀邊的手槍。

「是Avon新出品的香水？」Avon就是會搞這種把戲，去年聖誕節我給老公買的古龍水就是一輛骨董車。

「嗯。好看吧？」王瑪莉笑道。

我注意到她今天穿的洋裝也是粉紅色的，身材高大的王瑪莉穿了一身粉紅色看起來很像卡通片裡的粉紅象。歲月不饒人啊，以前苗條的王瑪莉，當年兩個一起惡補的老友，現在都成了中年發福臉上肌肉鬆垮的歐巴桑。王瑪莉曾經告訴我，現在女的過了四十歲就去拉皮除皺紋的大有人在，一點也不稀奇，拉皮要趁早，不是老的像沙皮狗才去，電視上的雪兒、賣香水的伊莉莎白泰勒不知道動過幾次手術了，王瑪莉有一陣子心癢癢地也想去做，我看算了，女人不管怎麼保養，年齡、神情都是寫在臉上的。不說別的，在人前看個文件填張單子，要打開皮包拿眼鏡，這不就不打自招洩了年齡的底？

「對了，等會妳開車。嘿，這叫路遙知馬力！說真的，我開車怕被Richard識破，他認識我的車。萬一他在窗口看到我的車，我們怎麼闖得進去？這豈不前功盡棄，叫功什麼什麼來著？大作家——，妳說？」

想不到王瑪莉粗中有細。我被她搞得不得不沒脾氣的一個字一個字地說道：「功——虧——一——簣。」

「對！不小心就會功虧一簣。噢，這是地圖，我在家已經用紅筆把我們要走的路線畫好了。我們走95號公路North，路挺遠的……」王瑪莉看了看我，像電視劇裡那種嘴硬的人，忽然良心發現的表情。「毛妹子，我們真是患難生死之交！我問妳，妳有沒有覺得交友不慎？」

「當然，這還要問。我跟妳在一起我一直都在患難，一起死，我看不必了。我真後悔自己那天多看了Avon的Catalog一眼，害得我晚節不保後患無窮。」

「那——我是三生有幸。」

「知道就好。」

「噢，這是地址。那個女的住在Columbia一個叫Chloroform的社區裡，看咧，迷藥哥羅芳，天生就是情婦住的地方。」王瑪莉冷哼了一聲，又撇了撇嘴。

北美的夏天天黑的很晚，這幾天並不像D.C.一帶入夏後的Humid，那種教人渾身黏溚溚想發脾氣罵人的濕熱。相反的，一路上倒是涼風習習，車子收音機正放著Glen Campbell唱的Southern Night，「Southern Night, Wu……Wu……Southern Night……」

「嗯，長巷暗暗，涼風習習，我放著好好的仲夏夜不過，千里迢迢跟人去捉姦……」我喃喃自語。

「妳在幹什麼？哦，真有雅興，在作詩。喂，喂，紅燈右轉……前面的大樹看到沒？有個老美牽著狗散步，狗在樹下拉大便的那個路口左轉……」什麼好風景被王瑪莉一描述就煞風景。「好了，現在一直開，開進這個社區，好好的開！不要像鄉巴佬似地東張西望！」

Columbia 這個社區規劃得真不錯，我一邊開車，一邊瀏覽。這一帶的房子設計的整齊劃一，每家的閣樓上都有一個高高的窗口。啊，高高的窗口，「在一青石的小城住著我的情婦，而我什麼也不留給她，只有一畦金線菊和一個高高的窗口……」哇，鄭愁予寫〈情婦〉的時候一定來過這裡，活脫就是這一帶嘛，我頗為興奮，不知不覺琅琅上口唸了出來。

「喂，開車專心點！有任務在身。妳又嘰哩呱啦的在唱什麼歌？怎麼現在臺灣流行的歌每一首聽起來都像是在講話一樣？」

「這是鄭愁予的〈情婦〉，很有名的，妳不知道？」我知道王瑪莉鐵不知道，我故意問。

果然——

「我聽過〈舞女〉，沒聽過〈情婦〉。鄭愁予是誰？是鄭伊健的什麼人？」

我哈哈大笑，忘了自己是神探「鷹爪」，也忘了自己是即將幫人修理情婦的打手。「哈，還鄭伊健呢，妳啊錄影帶看多囉，人家是有名的詩人，妳孤陋寡聞不知道？」從小王瑪莉就常對我說：「傻瓜，連這個也不知道？」現在風水輪流。

「少三八，正經點。馬上就快到了，聽著，我要告訴妳件事……剛才我給妳看的那把粉紅色手槍，不是香水，是真的手槍。」

嘎——我被嚇得慌亂！遇到 Stop Sign 煞車油門左右都分不清，車子滑轉了一圈，衝到一半是道路一半是住家草坪的斜坡上！

「妳——妳——為什麼不早說？」

「早說了妳會來？會一路像發羊癇瘋似的又唱歌又作詩？」

「我當然不會來，打死我也不來。」

「就是說囉，知妳者我也。」

我一陣痙攣，倒抽了一口冷氣，情緒被嚇得失控，我從小在王瑪莉陰影下，也可以說是淫威下，在王瑪莉面前膽小怕死的個性表露無遺。接著像天下所有的膽小怕死鬼，遇事反常的大吼大叫，聲音高八度有點上飄的尖叫起來：「妳為什麼要這麼害我？Mrs. Blood！我再也不要那麼厚道的叫妳布拉德太太了，再也不要關心妳，開導妳了，妳本性難移，妳先是『血閻王瑪莉』！後是『血腥瑪莉』！總之就是殺人不眨眼的聖母峰！有什麼事不能說，妳非要帶槍去殺人不可？噢，剛才妳說什麼生死之交，原來是早就打算好，叫我陪妳一塊送死？妳到底有沒有良心啊？妳說！妳害我連跟老公、孩子說聲Goodbye都沒有。妳這麼亂搞知不知道後果嚴重性？男人不好妳就當他是臭狗屎嘛，幹嘛要把自己給賠上去？這不說，還要拖個有家有小的我?!妳知不知道妳是兇手，我就是幫兇，這要坐牢的！我就是有強烈的第六感，知道一碰到妳我就沒好日子過，什麼事最後都不正常！妳知不知道老中在美國什麼地方都可以住，就是不可以住監獄，會被欺負被害死！妳沒看江南案小董的新聞，小董的媽媽多可憐，我看了報一想起來就難過的掉眼淚，死的不明不白啊，妳活著不耐煩，妳去殺人妳去死！妳說妳碰到我是好運的開始，我就是厄運的開始！我從小受妳氣，被妳捉弄，到老還要被妳給害死！我不吭聲妳就以為好說話好任妳擺佈，可以隨便你像麵糰一樣任妳揉過來揉過去？告訴妳，是泥人也有個土性，我實在受夠了！」我把從小積壓的怨氣全都噼哩啪啦的發洩出來亂罵一通，罵得我手腳發軟，血脈不正常。

「哭夠沒？罵夠沒？我早就料到會有這麼一齣。呶，吞下這顆藥，讓妳鎮定點。」

「我怎麼會有妳這樣的打手？還說妳小時候也想當太妹呢，安啦，放一百個心，妳是我在美國唯一的親人，我為什麼要把妳害死？這對我有什麼好處？我是帶著這玩意兒嚇嚇那對狗男女，我就是怕自己會像電視影集裡演的傻女人，還沒開槍自己就先打到自己的腳，我已經參加了一個月的『密集安打』射擊訓練班，結業證書都放在我的皮包裡。告訴妳，美國這個鳥不生蛋的地方，說不好也好，買顆毒不死人的藥挺麻煩，買把打得死人的槍倒挺容易。妳知道不，女人用的槍很酷呢，顏色可以盡妳挑，可以配衣服。反正，不買白不買，我只是帶著嚇嚇他們，讓他們知道老中不是好欺負的。」

「可是……我還是不放心，要是妳火爆脾氣真的上來了，沒理性要拔槍怎麼辦？妳到時候可不可以給我個暗號，讓我先找個窗簾後面的地方。」

「真拿妳沒辦法，為什麼這麼老了還這麼怕死？我儘量控制自己不動氣就是。到時候妳別忘了在旁邊幫我罵人。萬一有什麼情況，我會跺地板敲三下！就是以前流行過的洋歌「敲三下」知道吧？不是我說妳，妳這怕死的個性不改怎麼闖江湖？我看真的只有坐在廚房裡寫小說。好了，好了，誰也別說誰，女人吵起架來都是狗咬狗一嘴毛，誰讓我們是好朋友，對不？」

待我恢復正常，情緒穩定後，我倆下了車。走出車門王瑪莉轉身對我說：「毛妹子，我罵妳的話，妳罵我的話，我們在發脾氣失去理智說的話，彼此都不要記在心上。女人的友情就是這樣的，再好也會有小心眼；嚥不下一句話或一口氣的時候。說真的，我不是不知遠近，我知道妳對我好，美國這麼大也只有妳不怕麻煩會陪我走這一趟。」我聽了有點感動，連忙打岔，「上臺階小心，露濕臺階。」

「毛病啊，妳的酸毛病到底改不改？」王瑪莉啐我。「動不動就是出口成章，愛用成語。什麼露濕臺階，噁心，我又不是金大班。」

聽王瑪莉這麼說，好了，前嫌盡釋。

接著，衝上臺階的王瑪莉恢復了一臉家花制裁野花的神氣，一副替天行道的模樣去按鈴。

「啊——哈！蜂蜜怎麼會是妳！怎麼這麼巧哇，妳們兩個來 Columbia 賣 Avon 啊？」

想不到門開的如此「順利」，開門的還竟是布瑞杰！布瑞杰這傢伙開口又是蜂蜜，我真的搞不懂老美，要是換上老中的話，被老婆找上門不是驚慌失措，就是擺出看妳能把老子怎樣的表情，但絕不會這麼高興的。

王瑪莉看也不看陪著笑臉的布瑞杰，兩眼像武松在景陽崗看到的吊睛白額虎，怒不可遏地就衝了進去。

「人——呢？」王瑪莉大叫。

說到人，從地下室果真冒出兩個人。是一對看上去五十多歲的夫妻。兩人臉上帶著老美晚餐剛吃過甜點，一副 Home Sweet Home 的笑容。

「來，讓我介紹，這是我在 Fort Meade 米德堡國安局的同事，George Smith 史樵之，這是外語學校教書的史太太 Hannah 漢娜。」

我握手如儀，王瑪莉皮笑肉不笑。

「布太太，真歡迎妳到舍下來玩，我們一直讓布瑞杰帶妳來，他老兄說時機還未成熟呢，不知該怎麼向妳開口，哈哈，他還一直送花嗎？告訴妳，我們女兒生的小瑪莉實在可愛極了，這孩子讓人一見就喜歡。我就對布瑞杰說等妳看了她就不會排斥她了，說不定會把她當作自己親生的骨肉看待，這次我們女兒分娩多虧布瑞杰，本來嘛，布瑞杰一直想要個孩子，現在，小瑪莉都快兩個月了，還一直跟我們的女兒住在這兒，布瑞杰說他不敢貿兒巴登的把小瑪莉帶回家去，怕妳生氣，怕妳不能接受她，所以，只有下班後來逗逗她。小瑪莉好像已經認識她這個爸爸了，布太太，妳要不要這會兒就跟我們去地下室看看她？妳有了小瑪莉這孩子後，她會教妳告訴妳怎麼去愛；世界本來就是要有愛的，假如人人都能盡力接納像小瑪莉這樣可愛的小甜心的話，世界就會化暴力為祥和。」

禮義廉恥，國之四維。四維不張，國乃滅亡。我看，美國快完了。自己的女兒與人……做老子的竟毫無所謂，反倒像傳教似地說了一大套，我張口結舌，覺得很……恐怖！因為……他講的話，太「對」了——太「正確」了，那是一口標準的京片子兒！該捲舌的捲舌，該鼻音的鼻音，教我這個被王瑪莉找來「幫腔」的，舌頭打結不敢開口說話。

「布瑞杰！你不是人！」一向潑辣的王瑪莉氣得渾身發抖也只迸出這麼一句。

「又怎麼了？蜂蜜？」

可恨的男人，當了播種者又裝得沒事人似的。

「不要叫我蜂蜜，我已經受夠了你這個老番顛，名副其實的番顛！」

顯然，史姓夫妻知道自己沒什麼立場，兩人相視互換了個眼神又一起下樓了。我想，我也該出去透透氣，家務事最好讓當事人自己解決。

「毛……Heather，妳留在這評理。他們人多勢眾，我怕寡不敵眾。萬一有什麼事，妳當個證人。」

王瑪莉說得恐怖兮兮。我進退兩難，只好又再坐下。坐下總要講點話才像話：「布瑞杰，你太傷瑪莉的心了，整個事情她一直蒙在鼓裡，她真的受不了。」

「毛女士，我就是擔心她會受不了，怕她覺得難過，我……」

沒等布瑞杰說完，王瑪莉便大吼：「姓布的，姓血的，你還會怕我受不了？會那麼在乎我？哼！」

「是啊，蜂……」布瑞杰被王瑪莉怒目圓瞪的眼睛懾住，英翻中的稱呼只叫了一半，「……我就是在乎妳，才用妳的名字命名，我們兩個人結婚一直沒有小孩子，Knee……對，對，膝下猶虛。兩個人每天妳看我，我看妳，生活太Boring，對不起，這個字中國話怎麼說？」

「叫枯燥，無聊。喂，你是要跟我談判？還是要上中文課？」王瑪莉火氣上升。

我怕見這場面。連忙打圓場做和事佬：「有話慢慢講，夫妻之間沒有解決不了的事。夫妻相處之道在於……」

「毛妹子，毛去病！妳假仙的毛病到底改不改？」

隨即王瑪莉又面向布瑞杰，衝著布瑞杰吼：「事情是你搞出來的，你說！該怎麼辦？我已經打聽清楚馬里蘭的法律是先分居六個月再辦離婚。你究竟想怎樣？想另起爐灶？告訴你門兒都沒有！我就知道不對勁，你無緣無故幹嘛送花給我？噢，我想去拉皮，不要看我！『拉皮』你聽不懂？拉皮就是Face Lift！你嚇得半死說危險，好哇，現在我才曉得原來你是小氣怕我花錢，叫我省錢好讓你在外面花錢養……養你的小瑪莉?!天下男人都是一樣的，不管是老中老美沒一個好東西！美國烏鴉中國烏鴉都一般黑！你卑鄙無恥下賤狗皮倒灶寡廉鮮恥雞飛狗跳雞鳴狗盜你這禿驢王……」

「王瑪莉！妳冷靜點！不要口不擇言亂罵。」我愈聽愈不像話。

「妳到底是在幫誰？別忘了妳是來幫我的！」王瑪莉提高聲調。

「妳罵得像連珠炮，人家會聽得懂？」我用心理戰術輕聲說道，好讓王瑪莉就範。

果然，王瑪莉暫時平靜下來。布瑞杰也果然如我所料像老中聽老美講燙了嘴的快速英語一樣，只聽出其一不知其二，其他全靠猜的。布瑞杰聽到老婆要美容拉皮，這虧得王瑪莉罵歸罵還不忘翻譯成英文布瑞杰才聽懂。

「我沒有說過妳不美很醜的事，我親愛的老婆，妳不可做如是想。妳有一張很好看的面孔，雖然身體胖了一點，這是不嚴重的，一點也不影響妳的美麗。上年紀了，身體胖就胖，面孔上有皺紋就有皺紋，有什麼關係呢？妳看電視影集 Roseanne《羅珊》的女主角就是個大胖女人，觀眾也一樣十分喜愛她。妳看我頭髮都掉光了，禿頭，我也沒有想到要……去種頭髮，怎麼說？哦，對了，叫頭髮移……植。人沒有十全十美的。我的好老婆，我們不要注意虛偽的外表，《聖經》上說外表的美太……太有限……限制了。妳記得《根》的連續劇嗎？有個黑人老頭子對他的老來伴說，我現在是用心來看妳，不是用眼來看妳。瑪莉，妳不要多心好嗎？讓我們試著一起撫養小瑪莉吧，我們的日子會因為有了她而變得更快樂。我只在妳的背後做了這一件不曾經告訴妳的事，請妳原諒我，我的心仍是忠實的。中國話不是說……Wait a minute 稍等片刻，讓我想想看該怎麼說……哦——『日久見人心』的嗎？」

布瑞杰一個字一個字慢條斯理地說，生孩子孩子都生出來了！咻——聽得我很累，要窒息。現在我才知道為什麼急驚風的王瑪莉要發瘋。

「來，來，來看看這可愛的小瑪莉！」

布瑞杰才說完，又上來兩個會說中國話的老美！

我不知道我還要不要活？

「抱來的……是什麼玩意兒？」王瑪莉問道。

「妳沒戴隱形眼鏡？」

「戴了，剛才進門衝的太快，一揉眼不知掉到哪去了。」

「是……是一隻狗，一隻小狗。」

「妳的眼鏡度數準不準？確定沒看錯？」王瑪莉就是愛打擊我的信心。

「狗就是狗，怎麼看都是狗。」我又聽到小狗嗚哩嗚哩的聲音。

「有詐！」王瑪莉斬釘截鐵道。

「靜定。靜觀其變。」我也有我機警的一面，我拿出祕密武器，改說臺語。

王瑪莉默契十足，立刻配合：「不知這類死米國狗人做啥？騙猶，唱歌仔戲——《狸貓換太子》?!」

「布瑞杰！少裝蒜！快說！你到底把真正的小瑪莉藏在哪兒？以為我是三歲小孩兒，好騙！」王瑪莉沈不住氣。國語卻一下子變得標準起來。

「布太太，這就是咱們家的小瑪莉啊，妳以為……怎麼來著……小瑪莉是誰?是個奶娃兒?哈哈，不過，說真格的，對我和拙荊來說是把她當作自己的肉上肉來疼呢，因為她就是咱們女兒白雪公主 Snow White 生的。瞧瞧這小樣兒，多俊俏，多逗人愛啊，你們瞧，這對小眼睛兒，烏溜溜的多機伶啊，她正等著你們這對爸爸媽媽把她帶回家呢，我就對老布說叫他甭擔心，太座看了一定會愛上她的。老布，我說的不錯吧?你太杞人憂天了，為了想要小瑪莉還叫咱們整個中國部門的同事都幫你出主意。」

「Richard 瑞杰……」布拉德太太夫唱婦隨也改口英翻中。

「我……啊啾，鼻子好癢，我對動物過敏吔。」

從沒聽過王瑪莉小聲說話，現在像吃錯了藥。

「我親愛的小老婆，不，不，不，說錯了，親愛的小妻子，我們先試試看好不好?先把瑪莉養在院子裡，她的小屋子我都早已買好了藏在這，別生氣了，不要出我的洋相了，好嗎?試試看，嗯?」

一向兇霸霸的男人婆，竟也臉上一片緋紅十分小女子狀。哇，老友臉上的顏色跟皮包裡沒機會拿出來亮相的粉紅槍一樣都跟身上衣服的顏色亂配的。

二人世界。

我是個知趣的人，雖然王瑪莉叫我「無趣馬」。我敢打賭，我是那個時候離開的，王瑪莉一點也不知道。

涼風習習，星光熠熠。迎面而來的晚風，使得我的心情出奇地好，出奇地解脫，為王瑪莉，也為我鬱結多年憤憤不平的心結，是的，天下也有好男人，並不都像徐永岱。我的心情真是出奇得好，聽說，不是我心眼不好，他得了愛滋病。

月兒彎彎照美洲

杜格德的老婆白霏心自從參加校友會回來後，人就變得怪異起來；經常有事沒事的就對鏡齜牙咧嘴一番，除了這個怪動作不說，還不時的拿著眉筆在眉毛上畫了又擦，擦了又畫。這教整天鑽研在實驗室裡凡事實事求是的老公杜格德博士冷眼旁觀多次不由地好生納悶，老杜心中暗道：這幾天老婆究竟是在搞什麼飛機？科學怪人左思右想百思不解，最後經過一番歸納整理後，終於想到了——哦，原來老婆的更年期到了！

儘管這麼想，老杜還是本著多年做學問的精神——「遇有問題，非要研究清楚透徹才行」的方法，於是自己跑了趟圖書館，借了一大堆有關更年期的書準備好好研究一番。在圖書館櫃臺Check Out的時候，一直埋首蓋章的管理員看了一大堆類似的書名，不由得好奇抬頭一望，看了老杜一眼，雖沒開口說話，但那像保羅紐曼的藍眼珠彷彿在說：「老兄，有冇搞錯？這是給老女人看的耶——」

話說老杜就是個這麼個字號的人物，以前在臺灣讀書時外號是「doctor」，杜格德 doctor，最後也真的不負眾望出國留學讀了個生化博士。

說起老杜這對夫婦，兩人來美已有年矣。從讀書成家立業至今已將近二十年，由於天時（出國的早）、地利（買房子買的地點好）、人和（兩人收入好）現在光是在華盛頓附近有名的高級社區如麥克林、波多馬克就有不少棟房子。因此，現在老杜又有了個新的外號，外號叫「杜半城」。杜半城？出自啥典故？是指寓意世事一場大夢，叫跟老杜同姓，名子春的人深覺幌若一夢的黃昏之城？不對，這是指在華盛頓目之所及有一半房子都是老杜的。

雖然被老中這麼戲稱、號稱，老杜一介書生，書生本色不改，為人也並不恃「財」傲物。每天過的日子跟絕大多數在美國苦中作樂的老中一樣；平時番言番語，中午啃啃三明治，晚上回家喝茶看報看電視。週末幾家老中挑個不必接送兒女上中文學校、彈琴、拉小提琴或是參加童子軍活動的星期天，大家聚在一起吃吃喝喝，吃喝的內容不外乎夏天烤肉、冬天火鍋，飯後「四健會」上，東風碰西風，老中罵老美！出出鳥氣來個「心理建設」順便再充充電，這麼一來裝備好了再出發的心情，再迎接另一個周而復始的新星期與新挑戰。這——就是在美國的典型生活。

談到老杜書生本色，老杜還有個優點就是——「君子不忘本」。為了念茲在茲當年留學時整天與三明治為伍的那段篳路藍縷的日子，日後三個孩子的名字，排上家譜後，分別還以三、明、治命名呢。因此，杜家孩子的英文名也按其英文發音取為：珊蒂 (Sandy)、明妮 (Mindy) 與喬治 (George)。

老中圈裡可愛的老杜，也許因為白天喝咖啡，晚上喝香片，長久下來被咖啡因弄得麻木的不知不覺倏而已步入中年。所謂「哀樂中年」，羈旅異域有哀愁，也有樂事，樂什麼？樂見華府電視56號頻道的華府華語電視節目。近年來有了這慰藉海外遊子鄉愁的電視節目後，不管是立法院吵架打架，還是飆車股票大家樂，可真教在華盛頓的老中們隔著千山脈脈，萬水迢迢，夢裡不知身是客，彷彿猶如置身故鄉家園一樣。除了怵目驚心的新聞外，國語連續劇也一併照單全收，儘管大家看電視的惡習不改——「品頭論足，邊看邊罵」，但每晚仍是照看不誤。說穿了，再明白不過，心裡仍然繫念的是祖國家園，依戀的仍是臺北那萬丈紅塵。

「《胭脂扣》一集比一集精采，敬請各位觀眾明晚準時收看！」老杜躺在沙發上按下了遙控器，科學家推理分析的精神又來了，嘴裡嘟囔著：「噢，照這麼說法，看到最後豈不樂死？」接著，老杜彎腰駝背走進臥室，哈欠連連，不由得伸了個懶腰，自言自語地道：「Shit，每天像考大專聯考一樣熬夜到半夜，實驗室裡那些死老美每天見了我都不懷好意地問是不是晚上跟老婆太『忙』了？哼，狗屎老美！」

這時坐在床上似乎有話要跟老公講的白霏心開口了：「老杜，你不要睡好不好？我有話要跟你講。」

「有話快說！」

「你這是什麼意思？」

「我的意思就是『請』妳有話就講，我的耳朵又沒有睡覺？」

算了，老公就是這德性，白霏心也懶得半夜跟他計較。

「你知道今天我下班回來，一進門接個電話，是誰打來的？」

「妳不講，我怎麼會知道？」老杜就事論事。

「告訴你，是胡化嘉打來的，他問我們在校友會時託人送來的畫收到沒有？」

「妳沒告訴他畫收到了？畫不是早就被我掛在廁所嗎？」

「喂，你正經一點好不好？我在跟你談正事吔，胡化嘉說復活節小孩子都放春假的時候，他打算南下來看我們。時間過得真快啊，我們當年同學一場，到現在已二十多年了……，老杜，我們也太孤陋寡聞，竟然不知道人家現在是紐約蘇荷區大大有名的前衛畫家，你記不記得，他以前在美術系畫石膏像吃掉饅頭的事？」白霏心的表情像是正在沈醉在往事的回憶裡。

老杜側身望了望身邊的老婆，這個表情哪裡見過？噢，《幾度夕陽紅》裡住在日式房子裡的「李夢竹」！

於是老杜脫口而出：「好了，好了，我們家要演《幾度夕陽紅》了！」拜華府華語電視之賜，老杜很快地就聯想到。

「你發瘋了是不是？誰要演《幾度夕陽紅》？」白霏心不甘心心事一下子就被老公點中，故作無知狀。

「哈，胡化嘉二十多年後挑復活節出現，不就像是『何慕天』？」

「你吃醋是不是？」

「笑話，我活得好好的幹嘛要吃醋？我又不是『楊明遠』，」老杜拿掉了眼鏡繼續說：「妳想看我砸桌子摔板凳才高興是不是？告訴妳，那是在演戲，有演出費！我也這麼發神經，敲壞了砸破了，誰來賠？」老杜一本正經地道。說完伸手拍了拍老婆，「睡吧，『李夢竹』，胡思亂想失眠的話，有礙美容的，到時候可要成了《天龍八部》裡其貌不揚的『虛竹』了！」

「……凡事都要像做實驗一樣；要有『結果』的，『結果』是妳當了我的老婆，這才是最重要的。……」說著說著把愛情文藝大悲劇只能編一集就演完的杜博士已酣聲大作起來。這一夜老杜好夢頻頻，夢見自己是超級杯耀武揚威的足球健將，一個 Touch Down 整場為之歡聲雷動！

就在這時候，白霏心卻是輾轉反側，久久不能成眠，想來想去的是老公臨睡前丟下的一句話──「可要變成了其貌不揚的『虛竹』了！」難道這就是「美人遲暮」？唉，想當年自己不也曾是姿容亮麗的一朵校花？

胡化嘉就要來了，老同學了，管他什麼年輕不年輕的，人間歲月最公平，誰又能不老？問題是──不知胡化嘉的老婆長得怎麼樣？會不會被「比」了下去？

女人啊，妳的敵人就是女人！我白霏心再自命清高也難逃這小心眼兒的一關！本來嘛，女人穿衣打扮，說穿了還不是給女人看的。哪個男人會明察秋毫的仔細看？白霏心望了望身邊酣聲大作的老公，這傢伙做實驗是精準不差，叫他看我的梳妝打扮，根本是有看沒有見！

當女人真辛苦！唉，別想了，……郝思嘉說得對：「留到明天再想吧！」……明天要開始節食，明天要開始做運動，對了，乾脆去健身房報個名好了，否則一身贅肉，怎麼面對故人？

白霏心想著想著也進入了夢鄉，夢裡自己正是二八年華，腰圍只有十八吋半的郝思嘉！

◆

自從那晚心中訂好了計劃後，白霏心果然積極地開始節食減肥起來，幾個禮拜下來在健身房裡花拳繡腿，香汗淋淋的結果，也立奏彰效。

想想看，超級市場裡五磅的牛肉有多少？換在人身上一下子去掉十磅，少說沒瘦掉了一圈也瘦掉半圈！

頓時，人變得神清氣爽，輕鬆不少。這時白霏心自從在校友會後就盤桓不去的念頭，又像潮浪拍打岩岸一樣，一波接著一波，不停地襲上心頭……

明知跟老公最好是「先斬後奏」，可是在美國講話的對象有限，白霏心仍是忍不住地雞婆開口問老公：「在校友會上，你有沒有看見我們班上的大嬸婆？」

「幹什麼？她有什麼不對勁了？是不是得了癌症？」

「你啊，你這個人想到哪裡去了？我是問你有沒有注意到她？她跟以前有什麼不同？」

「有什麼不同?!還不是一身肥肉！」

「喂，我是說——你有沒有注意到她的眉毛和眼睛？」

「奇怪囉，我幹嘛要注意，我又不當眼科醫生。」

「大嬸婆是去紋眉、紋眼線了啊，你不覺得她看起來好看多了？雍容華貴的像《雙星報喜》裡的鄒美儀？」

「妳說清楚點，什麼是紋眉、紋眼線？」老杜好奇地問。

「叫我怎麼說呢，哦，這就像 Tattoo 一樣，把黑顏色紋在眉毛眼睛上，紋了眉毛眼睛後，以後就不必花時間化妝了，這對女人來說，是不是很方便？」

「照妳這麼講，這不是跟流氓紋身一樣？」老杜舉一反三地問。

「請你說好聽點行不行？有句話說『早上七點以前沒美女』，你聽過沒有？假如紋了眉和眼線，不就天天都是美女？」

「嗯，這就像 7-Eleven 一樣，二十四小時都營業囉？」

「喂，我是你的老婆，不是你的仇人！你少損你老婆行不行？」白霏心沒好氣地說。以前在學校，之所以選擇了科學怪人，捨棄了胡畫家，就是因為老杜那不著邊際冷面笑匠式的幽默感形成的一種奇異「魅力」，可是結了婚，身邊有個講起話來借力使力的老公，白霏心就有點招架不住。

乾脆單刀直入：「老杜，我也去紋眉、紋眼線好不好？」（書上說更年期的女人，言行都有點神經兮兮，果然。女人的事少惹，我只要看我的足球就好。）老杜捏著已經空的啤酒罐，不置可否地順水推舟：「隨便，要去紋就紋！（反正又不是我痛。）……不過最好打聽清楚，找個技術可靠的，我可是不想妳變成了獨眼龍！衛生可靠嗎？小心，別得了愛滋病！」老杜對夫婦一場的老婆，言談之間還是很關心的。

「我已經打聽好了，《世界日報》廣告上就有個 Bonnie Wen 專門紋眉、紋眼線的，大嬸婆、愛嬌姨、豪放女、還有小龍女的媽媽，都是找她做的。」白霏心接著說：「……以前回臺灣一趟的人，回來都帶綴有亮片的毛衣，現在回去的，回來後都紋了眉和眼線……」白霏心觀察入微地像是對老公說，又像是對自己說。

這時，老杜好像又想起了什麼，笑嘻嘻的對老婆說：

「老婆，我倒有個 Good Idea，妳不是想要件貂皮大衣嗎？問問那個 Bonnie Wen，乾脆叫她在妳身上幫妳紋件貂皮大衣好了，要不，就紋件晚禮服，這樣天天都像美女盛裝赴宴！哈哈……」杜格德講得眉飛色舞，似乎很為自己「博士頭腦」想出可以申請專利的點子感到驕傲又高興。

「杜、格、德！You Shut Up！」白霏心隨手拿了個椅墊就扔了過去！

◆

「喂──」

在美國還是第一次聽到拿起電話就說「喂」的，大概才來美國吧？「Hello，妳好。我是杜太太，我是龍太太介紹的，我想請問一下有關紋眉、紋眼線的事。」

「噢，我紋眉、紋眼線已經有很多年的經驗了，……我以前在臺北是開美容院的，紋眉紋眼線是三百塊，一年之內都可以修補，不會收費，下個月我就要漲五十塊了……」

「請問會不會很痛？」

「妳有沒有生過孩子？有生過孩子的人，根本不算痛，放心啦，來我這裡是『無痛紋眉、紋眼線』。妳知不知道在華盛頓還有一個幫人紋眉、紋眼線的梅太太？她的客人最後都跑到我這裡來修補……」

同行是冤家；就像燙頭髮的永遠批評顧客在別處燙的頭髮是一無是處，牙醫永遠嫌你以前牙醫補牙補的不好。白霏心握著電話，悄悄地這麼想。

「我下禮拜休假，我想訂個時間，還有請問妳的家怎麼走？」

「星期一上午十點好不好？通常星期一最不忙，小孩上學不在家，可以仔細的幫妳做。我的家是環城公路四九五號在二十九號出口，出口右轉上 Georgia Avenue 經過三個紅綠燈左轉到 Randolph Road，不好意思啦，不太會唸，發音像是『軟豆腐』路，喂，杜太太妳有知道是哪一條嗎？」杜太太白霏心老華盛頓，雖然地名被英翻中，但也清楚街道所在。

「還有啦，對妳找到我家是很有幫助的，那就是最近我醃了個豬頭掛在窗口，妳拐進來的時候，有看到豬頭的那家就是啦，很多客人都是這樣找到的。」電話那頭「邦妮文」熱心地道。

就這樣，星期一早上送走了老公和孩子，白霏心拿著地圖，找著豬頭，很容易就到了邦妮文的家。

「進來，進來，杜太太，」邦妮一邊收拾通道上的玩具，一邊笑著說。

白霏心看到眼前這個小模小樣的家庭主婦，倒也長得清秀討喜。

「不好意思啦，兩個女兒的玩具扔得滿地都是，每次叫她們收，她們都忘了收，有時我氣得把玩具丟進垃圾桶，她們又哭著從垃圾桶撿出來，真是一點辦法也沒有！」白霏心笑了笑，想到以前自己和孩子的「玩具大戰」，好像永遠沒完沒了的輪流發生在每一個家庭。

「來，我們到地下室來做！」

地下室裡放了不少臺電腦，邦妮指了指對白霏心說：「我先生現在跟他表哥一起賣電腦，倉庫裡放不下，只好一部分放在家裡，杜太太，妳要不要買一臺？」

「我們家已經有了。」白霏心禮貌地笑了笑。

「妳先躺下，讓我先幫妳設計眉型，妳看看滿不滿意……」

於是邦妮開始工作，雖然號稱「無痛紋眉」，塗上了麻藥，還是有些刺痛。沒關係，這對愛美的女人來說是可以忍受的，不是有句話說「愛美不怕流鼻水」，同理亦然，「愛美也不怕痛」。

這時兩個女人開始了談話：

「杜太太，妳是什麼血型的？」

「B型。」（要不要問星座？生肖是不能講，講了不就等於告訴人家我的年齡？）

「我的經驗是，通常A型的人是不太容易『吃』顏色。」

「有這種事？」

「那麼AB型呢？」

「AB型跟A型不一樣啊，有B型給他混啊……A型的人要紋好幾次才能把顏色給它『吃』進去，很麻煩。紋眉和紋眼線就好像是對小孩一樣，要維護和修理的。今天妳回去的時候小心不要碰到水，等到明天就沒有關係了。過了幾天還會脫皮，不要緊，因為是第一次紋，顏色還不能被『吃』進去，過了一個禮拜再來修補整理看看……」邦妮一路不停的解釋『吃』顏色的事，「啊，有點痛喔？」邦妮輕聲問道。

「杜太太，」

「叫我 Cindy 好了。」

「Cindy，妳來美國有多久了？」

「很久囉，快二十年了，時間過得真快，好像只是一轉眼的工夫！」白霏心不由地感嘆道。

「我和我先生才來不到半年呢，可是感覺上好像是坐了十年的牢，妳二十年囉，真長！妳是怎麼忍受的?」邦妮換了個與紋眉毛不同的顏色，準備紋眼線。

「不要給我弄得太黑啊，太黑了不自然，在陽光下還亮亮的像是唱歌仔戲！」

「有放心啦，我會紋得很自然，讓人家看不出來的。」

「妳剛才問我怎麼忍受美國生活? Keep yourself busy，一忙對什麼事都麻木了！」

「我以前沒來美國的時候，根本不知道美國生活是什麼樣子，那時候我還很羨慕能去美國的人，因為用美國貨買美國貨方便嘛，想不到自己來了以後才知道——啊，真無意無思，無趣味！噢，對啦，Cindy 妳會不會講臺語?」

「我不會講，會聽。妳講好了，我聽得懂。」白霏心對初識的邦妮文頗有好感，因為邦妮文還很純，說起話來直來直往還帶點小孩氣，這種人不多囉，像熊貓一樣是稀有動物。

「我是在臺灣長大的，對自己的家鄉話一句也不會講，聽『臺語』還覺得滿親切的。」

「欸囉，在臺灣好像外省人、本省人分得很清楚，我來了美國後，才發現不管是外省人、本省人，米國郎還不是都把你看做『中國郎』。」

「就是嘛，像我們看美國人，不管他是哪一州的人，還不是都被我們認為是『美國人』。」

「Cindy，妳有沒有覺得美國人都長得很像？」邦妮天真地問。

「哈，告訴妳，老美看老中，甚至看所有的東方人也都覺得很像呢，假如讓FBI的人去抓東方人，大概會頭昏眼花。」

「所以啦，既然中國人都被看成是一個樣子，還有什麼好吵好鬧的？鬧來鬧去都是中國人！」邦妮好像又想起什麼，接著說：「來美國啊，有很多想法都變了；以前我哥哥被我爸爸媽媽逼得非要考臺大醫學院不可，還在祖宗牌位前罰跪呢，我哥哥最可憐，結果大學考了好幾年，現在呢，還不是跟從臺灣來的不管是高醫還是中國醫學院的都一起在紐約一家醫院當實習醫生，米國郎才不管你是臺灣什麼學校畢業的，有本事通過考試才有辦法，今年我小弟要考大學，我告訴我爸爸媽媽，不要再逼了，要放他一條生路，」邦妮頓了頓又說：「也許我是用詞不對啦，不過我還是這樣說，考大學要有自己的興趣才行，不是要看學校的，逼死我弟弟進了臺大，讀他不喜歡的系有什麼好？搞不好會去自殺！」邦妮的臺灣國語，聽得白霏心有夠共鳴。

「妳知不知道，過年是一月廿七號？」邦妮好心地問。

「啊，妳不說我差點忘了呢，唉，在美國過得是中國節不過，美國節也不過！」白霏心中有感而發。

「昨天星期天，我婆婆打電話來說，馬年啦，『馬到成功』，說是生兒子也成功！叫我們生個『美國馬』，給妳講，我婆婆也很知道『馬子』是女的，後來又改口說叫我們生匹駿馬，駿馬就是男的。啊，我的壓力實在有夠大，萬一又生了個女的怎麼辦？又不像在美國買東西一樣，只要不合意隨時都可以退！生男的生女的對女人來說，還不是都一樣痛苦，生女的又沒有偷工減料？……沒有生兒子好像很對不起他們文家似的，可是現在生活不穩定，生了孩子怎麼辦？我們又沒有保險，這要花多少錢？」

「我跟我先生來美國，都是我婆婆的意思，說是不能比輸給她妹妹……現在，我先生跟他表哥一起賣電腦，忙得一天不見人影，我婆婆還叫我替她生『金孫米國孫』啦，安怎生？連個蟑螂都生不出！我又不是蚯蚓可以自己生？」

白霏心不由得笑出聲來，「每個剛來美國的人都一樣，每個人都是慢慢熬過來的，等孩子長大點，自己去上上學，或是去成人學校去學個一技之長，一步步的來，讀書學東西永遠不會嫌晚的，就是看人有沒有心要去學……」

「Cindy，謝謝妳喔，妳是我來美國第一個對我說這種話的人，我一看妳就知道妳很親切，不像有些來美國很久的人，自以為很了不起的樣子，我先生說這是美國的「老」中吃「新」

中……啊，說到吃，等我紋好了，妳就留在這裡，我們一起吃中飯好了，我做了肉羹和油飯呢。」

飯桌上，白霏心望著眼前這個口直心快的小婦人笑著說：「邦妮，妳的英文名字取得還很巧吔，Bonnie Wen，不就是『幫你紋』？」

「啊，我是亂取的。想不出什麼好名字，以前英文課本上的瑪莉、珍妮好像太俗氣，後來我想到我穿的褲襪是邦妮褲襪，那就叫邦妮好了！想不到，到了美國看美國女人那麼兇，可是都用丈夫的姓，入境隨俗啦，我嫁給姓文的，來了美國就成了一個『幫你紋』！嘻，真歹勢，名字被叫成這樣子，像個猶查某！」說到這，邦妮自己也忍不住地露出小小的虎牙和白霏心一起咯咯地笑了起來——

◆

杜太太白霏心終於「眉」開「眼」笑，如願以償。

同時邦妮文也眉開眼笑地有了一個新朋友。自此以後，邦妮文遇到問題，第一個想到的就是向杜太太請教。老杜看到眼裡，聽在耳裡——聽兩個女人嘰嘰咕咕沒完沒了的電話，知道只會在家兇老公，在外面對人都很和氣的老婆，又好心、熱心地「到處留情」了。

白霏心自從「美容」後，也像天下所有愛美的女性剛動完整型美容手術一樣，動不動就攬鏡自憐一番。尤有甚者，甚至連在開車上班的路上，白霏心也會把握塞車或是等紅燈的時機對著座前的照後鏡瞧上一眼，然後還來個嫣然一笑！回到家在廚房洗碗，手中拿著洗得光溜溜的盤子，透過盤子上的反光，也在仔細端詳。好在杜家老小這幾天下來，都已見怪不怪，否則真教人以為是在做清潔劑的廣告呢。左照右照只差沒開口對手中的「魔鏡」說話，雖沒開口對盤子說話，一個轉身卻開口問身邊的孩子：

「Sandy，Mindy，妳們看媽咪這樣好不好看？」

兩個ABC女兒像老美一樣嘴甜，說的正是媽咪心窩裡想要聽的話：「Looks very attractive!」

兒子不甘示弱，也要發表意見：「Mommy, I can also use a marker to darken your eye brows and eye lids!」

不聽還好，一聽大怒！「什麼？你說可以用簽字筆幫我畫？George，你現在就給我去拉小提琴去！」小George不知道自己禍從口出，立刻被老媽充軍邊疆。

「養兵千日，用兵一時」，轉眼就到了復活節，這時白霏心自認一切也都打點好，現在就等著老友樓臺會上場了。

復活節的清晨，當教堂響起了主耶穌已復活升天的鐘聲時，睡夢中的白霏心如蒙感召般地醒了，起來後立刻快速地梳洗下樓弄早點，接著就用頭巾包起了滿頭粉紅色的髮捲，捲起了衣袖提著吸塵器開始忙活起來。

上上下下的忙了一陣，眼見老的仍懶躺在床上看武俠小說，小的也橫躺在沙發上看電視，不由火冒三丈，怒火中燒：「杜格德！你上樑不正下樑歪！你好意思還躺在床上練蛤蟆功？你沒看見我忙得什麼似的？」

「戴上你新配的眼鏡，站在窗口看看，看看草坪上的草長得有多高了？還有——，你們三個也聽著，今天有客人看，趕快把你們的房間收拾乾淨！……」白霏心機關槍似地把全家老小都掃射一遍。

「一代女皇，妳緊張個什麼勁兒？是胡化嘉來，又不是布希總統要來？再說，妳記不記得，胡化嘉這傢伙是比我還邋遢的！所以啊，……」

滿頭大汗的白霏心，被老公這麼一提醒，忽然才想到原來「距離就是美」?!過了這麼多年，現在自己還真的像演電視劇？「什麼三角戀愛嘛，碰到的兩個男主角都是邋遢鬼！」此時此刻白霏心想到就覺得窩囊，根本也聽不下老公慢條斯理的分析比較論，簡單明瞭變成一句話：「少嚕嗦，一代女皇還會在家當傭人？聽著，你現在就給我起來，吃了早點就到外面去除草！我也要提醒你——別忘了不單單是比你邋遢的胡化嘉要來，還有他的太太也要來！總要給人家一個好印象，你知不知道？」白霏心一溜嘴，說出了真心話。

心不甘情不願的長工上工前也有話要講：「妳們女人哪，就是喜歡暗中較勁！不管是對老友還是對初次見面的，啊，天性，沒辦法。」老杜搖頭晃腦地走到門口，回頭又有話要說：「為什麼天下的老婆都是一個嘴臉？就是見不得老公週末在家不做事？怪不得實驗室裡每到週末人就爆多，這就是『暴政猛於虎』！妳知道我最討厭除草，又癢又熱像是得了『登革熱』！週末就是要休息不做事的，想不到這比平常上班還累！」老杜嘟嘟囔囔地一大堆。

「我不管你今天要得什麼熱，也不要聽你的養生之道！要涼快要保養下禮拜再說！」白霏心如此雞貓子喊叫了一個上午，接著下午又開始燒燒烤烤準備晚上的大餐，待一切就緒，人忙累得已是心中冒火，臉上冒油！糟糕！頭髮還沒做！三步併兩步地衝上樓去，以多年職業婦女訓練有素的快速化妝法塗抹起來；嗯，好在紋了眉跟眼線。

「一身油煙味，隨便找件衣服換換。」話雖這麼說，可是人站在衣櫥前卻一點也「隨便」不起來，好不容易精挑細選換上了一身紅色套裝，最後像吳鳳下山似地走下樓來——

坐在沙發上的老杜看傻了眼，「我們要出去嗎？」

「不出去？那妳為什麼像電視劇裡的家庭主婦一樣穿得那麼整齊？別忘了，演電視劇在家是要穿高跟鞋的！」穿了一條破牛仔褲去除草的老杜，大功告成後也懶得換的名士派「邋遢帥」十分詫異地說道。

「有人來，主人穿整齊點是禮貌！」白霏心看也不看老杜的臉，側過身自顧自的說得冠冕堂皇。

老杜還想再說什麼，就在這當兒，也像電視劇的情節一樣——一聲叮——噹——的門鈴響起，正是胡化嘉一家大小從紐約開了五個鐘頭的車，來到了華盛頓的杜家。

老友久別重逢！

心中都免不了有些激動，況且這三人曾在黃金歲月的舞臺上同臺軋上一角。多年來老杜夫婦在不抬槓不吵架的時候，偶爾心平氣和的回想往事，雖然兩人嘴裡避免提到胡化嘉，可是在彼此的心裡仍然有著胡化嘉的音容笑貌，畢竟年輕的歲月只有一回啊，如今面對共有往事的老友，心中塵封的少年情愫、少年情弦，就像一首熟悉的老歌旋律，不知不覺地又縈繞上心頭！

歲月悠悠，今個老友異地重逢，臉上的笑容隱約的在魚尾紋裡似乎讓人有種在國外闖天下不足與外人道也的風霜與辛酸。眼前大大有名的胡畫家，已不再是校園裡瘦骨嶙峋，仙風道骨的少年模樣，二十多年後的重逢，人像是吃了美國超級市場賣的強力發粉一樣，發得是白面團團的中年模樣，當年意氣風發的五陵少年——杜格德、胡化嘉這時彼此都發現對方已是兩鬢飛霜。

白霏心由於新染了頭髮倒是看不出來。站在一旁的胡太太是第二代ＡＢＣ，講起話來，未語先笑，看得出是個好相處的人。胡太太Amy人長得黑黑瘦瘦，臉上脂粉未施，一件寬鬆的T恤罩著一條泛白的牛仔褲，雖然年齡也寫在臉上，但眉宇間仍有股大學生的味道，相形之下，白霏心一身光鮮的站在這三人中間，看起來不像是屋裡的女主人，倒反而有點像房屋經紀人週末替屋主在Open House。白霏心一見「行頭」不對，推說剛從外面回來，於是又像前不久一樣——三步併兩步地衝上樓去。待白霏心換了件輕便舒適的家居服後，頓時屋裡的氣氛、畫面也都換得輕鬆自然起來。

到了晚上，席間國語、臺語、廣東國語與英語紛紛出籠，桌上筷子、刀叉齊飛，一場歡宴後，自然而然的「賓」分二路；老的留在樓上客廳，小的全跑到地下室，言談間地下室不時傳來一群ＡＢＣ一見如故的笑聲與震耳欲聾的音響，聽得樓上的父母，除了無法忍受外也不免會心一笑——當年我吵人，如今人吵我，這——不又是個人生的輪迴？

「人到中年事事休」，盼了多年也幻想了多年的老友重逢，在未見面前，梗在三人心中的情「結」，免不了有些顧忌，一夕言歡後，原來三人並不錯綜複雜。因為……因為沒有「楊曉彤」夾在中間！老杜豁然開朗哈哈大笑（可惜啊，戲沒演成！）發現三人心中枝葉蔓牽的情根情苗都已梳理清剪，一切都已變成是他鄉遇故知的親切……。

次日，兩家同遊華府，適逢櫻花季節，此情此景同時遙想的是陽明山姹紫嫣紅的花季；一樣的人頭鑽動，不一樣的是歲月與心情，還有不一樣的是——沒人攀折花木而已。

轉眼春假已過，到了分手該說再見的時候。幾天的相處孩子們依依不捨，大人們也意猶未盡，臨行前胡化嘉豪氣地拍著老杜的肩膀，邀約下回杜家北上，同時又附帶一句：「來紐約在蘇荷區的畫室裡，只要看得順眼的現代畫，儘管拿——」

「揮手自茲去，蕭蕭斑馬鳴」，像是一齣圓滿的喜劇收場；孩子們探出頭來頻頻叫喊，胡化嘉發動了「野馬」mustang 的引擎，帶著妻小，也帶著愉快的心情揚長而去——

「老杜，你有沒有注意到胡化嘉太太的眉毛？」

「妳有什麼毛病？為什麼最近一直讓我看女人的眉毛？」

「我是說，你有沒有注意到她右邊的眉毛？」

「為什麼這次要看人家右邊的眉毛？」老杜不解。

「我注意到了，右邊是斷眉吔——」白霏心用面巾紙擦去了臉上的清潔霜，露出了自己完整的眉毛。

「也許……也許跟我一樣，是小時候放鞭炮被炸到的。」

「No，眉毛上有縫線！」

「為什麼妳們女人總是看女人看得那麼清楚？縫線就縫線，胡化嘉喜歡就好，這是線條美。有句話妳聽過沒有，『情人眼裡出西施，麻子變酒窩』，再說畫家有異於常人的審美眼光，妳沒聽胡化嘉說，他整天與調色板為伍，得了職業病，最怕看到臉上塗得像調色板的女人！」

「老杜，你說胡化嘉的太太好不好看？」

「要怎麼說？女人的美醜在男人看來是見仁見智的，我覺得 Amy 長得還不錯，人也隨和。」老杜小心謹慎地說道，深恐惹上一場文字獄。

「……」

「你們男人究竟是怎麼看女人的？」

「妳叫我說，說了妳可不要生氣——」

「你說，我在聽——」白霏心放下了手中的梳子，面對化妝臺前的鏡子，一副大義凜然從容就義的神情。

「男人看女人不單單只是看眉毛和眼睛的，是看各式零件的組合……，是『順眼』而不是『刺眼』。太漂亮，太能幹，又太正經的女人，只會教男人害怕……」

「少來！哪個男人不想自己的老婆漂亮，可以帶得出去？」白霏心撇了撇嘴。

「話是這麼說，可是成家過日子又不是在作秀？傻老婆，睡覺吧，妳知道最迷人的女人是什麼樣的女人嗎？那就是聰明也要帶點傻氣的女人，至於長得漂不漂亮，美不美那是另外一回事，別在化妝臺前『瞎』搞了，要聽聽男人的至理『明』言……」說畢，老杜低下頭來，又繼續翻閱手上的成人童話，「……只見眼前走來一個年約四十許的中年道姑……」這時，道姑說話了！

「喂，老杜，你憑良心說，我紋的眉和眼線到底好不好看？」

（老夫剛才說了半天是白說？）老杜不知道是該笑？還是該嘆氣？隨便支吾著：「很好！很好！」

「你說好？那——就是不——好——！」

「奇怪囉，那我說面目可憎，妳就會覺得是美如天仙嗎？假如我這麼說，妳又會說我啤酒喝多了，酒後吐真言！」在婚姻生活裡打滾了十幾快二十年的老杜，早已深知女人的邏輯。

接著，轉念之間老杜使出了苦中作樂的招式——「好看，好看，真好看！只是啊，半夜起來上廁所的時候，迷迷糊糊地一時轉不過來，不知道身邊睡著濃眉大眼的是——張飛？還是董卓？哈哈，至於妳一直關心又注意的眉毛嘛，看起來像是——」因為在老杜的字典裡根本沒有用植物或礦物來形容女人五官的字眼；諸如「柳眉杏眼」、「瑤鼻櫻口」等詞句就算勉強湊數，也是「綠豆眼」、「蒜頭鼻」等說出來會招人追殺的形容詞，老杜想了半天，忽然想起小時候，老媽在廚房炒菜時常哼唱的一首老歌——「噢，我想起來了——，眉毛像是『月兒彎彎照九州』！啊，不對，哈哈，是——『月兒彎彎照美洲』！」

朱老媽的心事

天下的老媽都是一樣的，就是心事特別多。

所以說囉，咱們朱家老媽也不例外。這也是為什麼今年年初老媽丟下在臺北的老爸，一個人辛辛苦苦坐了十幾個鐘頭的飛機，飛到洛杉磯來看老姐和我的原因。

我的老姐朱——嫩——嬌，說實在的，我是她的老弟我都覺得這個名字取得真不怎麼的，比我在臺北的馬子叫「招弟」還土。女孩子名字叫招弟，一望而知是不按父母第一志願分發的，雖然有重男輕女的意味，仍讓人聽了多多少少對這個叫招弟的馬子有點同情，好像看到她有個背著弟弟或妹妹在戲院門口賣檳榔的童年。至於咱們家老姐人長得ㄎㄨㄞˇㄎㄨㄞˇ的，名字偏偏叫嫩嬌，真沒文化水平。為什麼叫這個又嫩又嬌的驢名字，據說是老姐生下來不足月，是個躺在氧氣罩裡惹人憐的早產嬰，因此取名叫「嫩嬌」。就是因為老姐小時候體弱多病，從小又是補針又是維他命的把老姐搞得長大後忽然發了起來，而且一發就不可收拾，塊頭大得有點像白面女泰山。

總而言之，我家老姐很不喜歡這個惹人好笑的名字，記得老姐在臺灣的時候，曾經有一陣子想要改名為朱詩卉，後來想到改名為朱詩卉，豈不讓人覺得自己想當連續劇的女主角，因此也就不了了之。現在，老姐好像看破紅塵不再動凡心。其實，想開點，一個人的名字只不過是個符號而已。而且，現在人的名字愈俗還愈發，像周潤發不就是，還有，像我馬子招弟的屘叔，從小在家被人叫「臭頭」，現在是林邊一帶的「角頭」，黑白兩道誰人見了都怕他，包括我在內。

儘管個性像男人婆的老姐如今口口聲聲的說已經不在乎這個驢名字，我知道她始終打心眼裡不喜歡這個跟她身材、個性都不符合的驢名字，否則老姐為什麼一直用洋名?說到我這老姐，我老姐最崫了，聽老媽說老姐上幼稚園第一天，放了學見著了老媽就哇哇大哭，哭著說什麼也不要姓大肥豬的「豬」，說是小朋友都笑她，非要改姓電影明星甄珍的「甄」！老媽說咱們家的「朱」是紅顏色的朱，別小看這個朱，在歷史上神氣的當過皇帝呢，老姐一聽哭得更厲害，說她不要當紅顏色豬的皇帝，真夠鮮。這件事到現在老媽還常常提，不過說的時候是「話中有話」；意思是說——女孩子家都是姓「碰」的，碰到什麼姓就姓什麼姓。老媽說如今老姐要姓什麼都可以，不姓漢姓，姓番姓也成，姓那個「什麼意思」也可以。我對老媽說送老姐回來的那個老美姓Smith，不是「什麼意思」。老姐跟他根本沒什麼意思，人家老婆孩子一大堆，一天到晚付贍養費付得是焦頭爛額，如今看了女人都害怕，根本不敢再招惹。那天送老姐回家，被老媽瞄見，老媽就以為要有個洋女婿?!老姐是做實驗做得晚，車子壞了被老闆順路送回家而已，我看老媽是急瘋了，看見老姐身邊的男人就以為是女婿。亂少見多怪，沒見過「世面」。我這個「小舅子」早就見怪不怪，習以為常。聽了我的解釋，老媽恍然大悟哦了一聲，然後又自言自語地說不要走上什麼「不歸路」才好。

老媽這趟來美國，說穿了，我早就知道是為什麼，是來突擊檢查的，順便想要買塊地。說到買地，就是件驢事——上回老媽人在臺灣被人說得天花亂墜買了塊佛羅里達的「度假勝地」，我還以為是個什麼寶地，原來是像００7電影中飛艇追逐戰水裡有鱷魚的沼澤地!「臺灣錢淹腳目」，真是不錯，名副其實的「淹」。這回老媽不死心，說是御駕親征，親自站在美國的土地上買土地，看了是真正的地再買比較「腳踏實地」。錢多，為什麼不給我?!

反正，現在臺灣的人手上有錢都興搞這一套，非要像我們小學唱的〈王老先生有塊地〉，有塊地在美國才拉風，講起話來有面子。就像我也是「面子」之一，把我趕在兵役年齡送出來，當個時代產物所謂的小留學生，到現在，我都不知有什麼好?·去年波灣戰爭，老爸老媽亂緊張，生怕像越戰一樣打下去，那我不也要去當個美國兵?·好在噼哩啪啦三兩下就打完，否則就如老媽說的「偷雞不著蝕把米」。猶記得出國前，老爸把我叫到書房對我說，人到了美國要用功，將來拿個西屋獎。噢，拿西屋獎被說得容易的像似到菜場買西瓜?哼，臺灣的父母就是知道西屋獎!說來說去，都是中了報紙的毒!報上報喜不報憂，開口閉口就是華裔多優秀，也不想，優秀得獎的畢竟是少數。我人來了美國才知道，學校裡並不是每個老美都是數學很差心算亂慢只知道性交和吸毒的大傻蛋，內中聰明有功力的老美也不少。一想到剛來美國的時候，媽的，回憶都是痛苦的。國中學的英文有鳥用?每天只有跟著像我一樣的菜鳥，有事沒事劃個地盤窮攪和，偶爾在學校走廊聽到一聲國語罵三字經，感動親切的就像聽到一聲「我愛你」。老爸老媽把我送來美國讀書按老姐的意思幫我辦的降級讀九年級，每到下午放學都想最好校車一路開到飛機場，讓我一腳踏上飛機回臺灣!寧願再擠公車躲教官參加什麼鬼聯考!我啊，來了美國跟老姐住，阿達他們說這是好命，有個老姐當靠山。好命?有什麼好命?有個像女泰山的舍監早晚盯著我，搞得沒得混，有什麼好?遜。我，朱載世可恨的到現在還是個在室的!想想就窩囊!硬的時候，誰不想玩?不想玩的是陽萎!像阿達、秀逗、短路他們被送出來寄宿在別人家裡自己混的，哇噻，天高皇帝遠，七葷八素的什麼洋葷都開過，這才叫做留學見世面!哪像我，這是什麼鬼好命?我的問題，「少年維特的煩惱」多得很，不想說，也不願意說，更何況沒人聽我說，就是真的說了，神經衰弱又神經兮兮的老媽豈不三天三夜睡不著？再說，老媽的心事已經夠多了，心事多的一籮筐。說到老媽的心事，登記第一號的就是咱們朱家老小姐，不，大小姐的婚事，說自己的老姐是老小姐太缺德，好歹姐弟一場。不過，這也怪不得我，誰叫她叫「老姐」。

話說那天，我一進門就聽見老媽在開訓：「不是老媽吃飽飯撐的，沒事喜歡暈飛機，暈了十幾個鐘頭的飛機跑來嘮叨妳，這些年來在信上妳是答非所問，電話中又是嗯嗯啊啊，我就知道不對勁，來了美國一看，果然！妳倒是說說看，有什麼打算？想當一輩子單身貴族？當鴨皮？」

「媽，不是鴨皮，是雅痞。」老姐開口。

「對不起，我才疏學淺。」老媽沒好氣地瞪了老姐一眼。老媽準是在臺北古裝連續劇看多了，什麼「才疏學淺」說得亂溜。

忽然，老媽轉向我：「小弟，你到憑良心說說看，男婚女嫁是不是人生的正事？」

我才進門，來龍去脈搞不清，隨便點個頭，點了頭，看見老姐一副「你就是會假仙」的表情。

這一點頭非同小可，老媽像是找到了知音。接著又對我說：「小弟，你是男的，你說，男女見面第一眼看的是什麼？」

「是看『波』，看是不是High Mountain！」我比手劃腳，完了，說了我就後悔。果然——

「你要死啦?!少給我不乾不淨的，小心我搥你！我是說人看人當然是看外表第一印象對不對?我剛才就跟你姐說人長得高頭大馬，更是需要多花點心思好好打扮打扮藏藏拙，你說，有沒有道理?」

一時點頭搖頭亂為難，我自己都覺得很假仙地說：「媽，每個人都有自己的風格，老姐這樣也很好，不重外表，有內涵，媽，平常心。」說完，我覺得自己像××夫人，亂那個的，這時老姐沒瞪我，輪到老媽。

「少跟我玩文字遊戲！狗屁平常心！平常心，自欺欺人！這年頭就是怪話多，凡是心裡在乎一件事，嘴巴上就要說平常心，搞得人心都不正常。你教我平常心?你姐姐老大不小了，眼前對象一個都沒有，你教我當媽的怎麼能夠平常心?你姐姐人好，有什麼用?會有什麼戲唱?肚子有學問，能一見面就開膛破肚給人看?這年頭，男人都踐得很，勢利眼得很，找對象人要漂亮又要會賺錢。你姐剛才就一直跟我在抬槓，說只重外表太俗氣，要有內在，重感性，重什麼感性?我看要重性感！又是胡言亂語的新名詞兒，不性感的人，就說要重感性?!我看狗屁不通。你姐就是亂七八糟的書看多了，搞得神智不清，你們兩個別看著我，不說話，我還不知道你們在想什麼?想我這老媽太俗氣是不是?告訴你們，你們老媽當年年輕的時候，棋琴書畫一樣也沒少學，可是，到頭來又怎樣？現在，尤其是現在，不興這一套囉，現在——就是個俗氣的時代！人看人，只看外表一張皮，誰管你的內在美？看人的外在美，得，只要一眼一分鐘，看到人的內在美，少說要——要十年！你姐姐人是不錯，有人欣賞嗎？除了整天在實驗室裡跟老鼠、兔子在一起，週末買菜、做飯、吸地毯，什麼活動都沒有，我看了都氣悶。不懂心機，又不愛打扮，行嗎？守株待兔啊？行不通的，要有本事自己去想辦法抓兔子。記得我們臺北對門鄰居王媽媽吧，看人家王媽媽的大女兒多有心機，自己根本不愛唸英文，可是人家年年都去補托福，結果就在托福補習班『托福』托到個老公！還有樓底下趙家趙小美，小個子多精啊，嘿，人家登報徵教彈吉他的『男老師』，一個一個看，一個一個相，現在找的『老師』又高又帥像林瑞陽，真高竿。趙媽媽好得意，有天向我示威說，女兒要生得矮，兒子要生得高，這樣找對象高的矮的都可以配。我是不會生，生的女兒是高腳七，兒子是三寸丁！……」老媽說著說著自顧自的哀怨起來，接著又瞄了我和老姐一眼，教人覺得長的這個樣子亂慚愧。

其實，老姐這樣子我覺得滿好的，儘管我常常糗她。也許，真如老媽說的老實本分不會耍花招的馬子，這年頭是吃不開的。更何況老姐還是個高頭「大馬」的馬子。

那天老媽愈說愈吐血的給我們上「洗腦」課後不久，沒過幾天又在飯桌上變本加厲開講了，老媽說不管三七二十一計劃暑假要「引渡」老姐回臺灣，回臺灣密集安打去相親。老姐不要，老媽又火了，啪嗒放下筷子說相親有什麼不好？她就是父母之命、媒妁之言跟老爸相親相來的，相親品管最好。老媽又說結了婚再談戀愛，戀愛以後再結婚，跟飯前喝湯和飯後喝湯有什麼不同？還不都是一肚子水！結了婚都一樣會生孩子！反正，老媽是個說話高手，什麼事被老媽一說沒道理也要有道理。後來，老媽看我和老姐都不說話，話題一轉接著又說早知道養女兒這麼煩心，在老姐小的時候就弄個童養婿擺在家，省得教她老了操這種心……一個人自言自語說到最後，老媽就開始罵美國這個鬼地方，罵這裡老中生活圈子裡沒結婚的男老中晃來晃去就是那一窩，老媽說這對男人沒關係，新來的女留學生照樣可以追，再老也可娶個二十郎當歲的，女人就不行了，又不是伊莉莎白泰勒。最後說得連高齡產婦蒙古症都搬出來了，搞得我和老姐胃口全無；我們胃口倒盡，老媽卻意猶未盡，倒楣的一下子箭頭又指向我，說我不知死活，SAT再不好好考，申請不到好學校看我以後怎麼辦？老媽大概看到桌上的獅子頭，說我將來只有去賣漢堡！老媽，偉大的老媽甚至連我的出路都替我想好了！亂罵一通後，接著又施懷柔政策，說是「天下父母心」，以後等我當了爸爸就知道。我才不要當爸爸，被老媽這麼鬧，結婚當天我就去結紮！說到我，老媽又說兒子多老結婚她都不擔心，只要……老媽忽然正色的對我說，只要不跟男——人——結婚就好！

自從老媽來了美國後，我跟老姐就過著水深火熱的日子。老姐私下對我說老媽愈來愈像《傲慢與偏見》裡的貝納太太，我沒老姐有學問沒看過這本鬼書，不過我仍裝著會意地點點頭，因為我想一定不是個不說話的人。

老媽就這樣三天兩頭來個疲勞轟炸，樂此不疲。

我發現老媽因材施「罵」的招式還真不少，我偷偷地歸納了幾點有：

「激將法」——「我就是說嘛，你根本不會，根本不行……」

「死諫法」——「等我死了，你們不要來祭我，不要後悔不要哭！」

「以退為進法」——「好啦，好啦，我說的不對，沒你們有學問，你們就當我沒說！這年頭做兒女的要是聽父母的話就是太遜啦！」其實，就是想叫我們照著她的話去做，亂詐的。

有回更鮮，老媽望著我好半天不說話，忽然人變得激動的含著眼淚對我說：「傻兒子，我說你這樣傻吃傻喝只往橫的長，一點正經心眼也不長，這樣下去怎麼辦？你是媽十月懷胎從我身赤身而出的命根子啊……」

我哇的一聲笑出來，不赤身而出，難不成要穿著西裝被人生出來？

我真怕我會被「語無倫次」的老媽搞得神經分裂。

其實，我跟老姐並不真的如老媽說的不進油鹽「冥頑不堪」。有個星期天早上，老姐忽然心血來潮敷了個面，我也百般無聊在院子裡舉啞鈴，老媽看了屋裡的白無常和屋外的肌肉人，竟咯咯地笑起來，說這真是母親節的好禮物。

日子就這麼喜怒無常地過去。最近我發現老媽真的有點愈來愈不對勁了。老姐自從對老媽的「敏感話題」「感冒」後，常常儘量避不見面，避不作答。倒楣的是我，只剩下我一個人和老媽單打獨鬥。

有天，老姐又留在實驗室裡做「實驗」。在門外我老遠就聽見老媽扯著嗓子打電話，見了我，老媽立刻神祕兮兮地掛了。掛了電話，老媽臉上的肌肉像是扭曲成一團，一個人一反常態地竟一句話也不說。到了半夜，起來上廁所，看見老媽屋裡的燈還是亮的，氣氛亂不尋常。真有點「山風欲來雨滿樓」，哇，不對，我是不太會跩這種文謅謅的鬼句子，是「山雨欲來風滿樓」吧？雨滿樓，好像不通，又不是颳颱風。

老媽屋裡的燈一連好幾天亮到天亮。眼看老媽臉上的黑眼圈愈來愈深，整天長吁短嘆愁容滿面的樣子，不言不語不飲不食，實在好嚇人。老姐早出晚歸，沒有我這麼「細心」的發現到老媽的異樣。

我七上八下冷眼旁觀的過了好幾天。

一天夜裡——

「小弟，小弟，你還沒睡吧？」

聽見老媽的敲門聲，我嚇得屁滾尿流，連忙把手上的*PENTHOUSE*藏在床墊下。深呼吸了一口，翻開桌上SAT考古題，咬著鉛筆故作苦思狀。

「薑是老的辣」；老媽看我滿臉紅光直冒汗，問我是不是看書看得太累了？怎麼開著冷氣還冒汗？法眼難逃。

OOH LA LA，我真的是看書看得太「累」了，手腦眼並用，看的口乾舌燥心律不整。Very Hot！差點中暑流鼻血。

老媽摸了摸我的頭，看我有沒有發燒。接著，一屁股坐在床沿上，Mammamia，真怕老媽低頭一眼看見女人光屁股的書，看到了就完蛋！床墊下還藏著一本秀逗託人從臺灣寄來的宮澤理惠寫真集。

「小弟，」好在老媽兩眼只看著我。「媽……有話跟你說，你姐太忙，我不想煩她，你知不知道媽所剩的日子不多了，……」

乍聽之下，五雷轟頂，我雙膝發軟，豆大的眼淚立刻迸了出來！「風欲靜而樹不止」，兒子還沒養老媽，老媽就快要掛了！咦，為什麼風要停而樹不止？地震？有冇搞錯？管它。

「媽——，我對不起妳！妳剛才敲門的時候，我正在看閣樓雜誌，媽，我……真的對不起妳！我不用功，沒有得個西屋獎……」說到這，我被自己懺悔的言詞都深深地感動，我真的本性不壞，一下子真情流露哭成這樣，我自己都有點始料未及。

「媽是萬念俱灰……熬了幾個通宵，寫了篇東西留給你，等媽走了以後，答應媽，幫媽照顧保護你姐，這東西你先別看，先聽媽說……」

「媽——，我寧願妳天天罵我打我，我……我不要這樣……」原來——原來老媽每晚房燈亮到天明是在寫「遺囑」！我這豬腦袋怎麼沒想到老媽愁容滿面是因為得了癌症？我是什麼樣的狗兒子，自己的老媽都快掛了，我還有心情看女人光屁股?!

我哭得像個淚人，恨不得自己重新打造，洗心革面，明天就能得個什麼獎，好讓老媽死也瞑目，含笑九泉。

「傻兒子，你這是幹什麼?」老媽無限慈愛的手幫我擦眼淚。「哎喲，媽……」老媽的手，不久於人世的手，快要冰涼發僵的手，弄破了我臉上的青春痘，我忍住痛，肌膚之痛算什麼，喪母之痛才是人生鉅痛。

「媽，告訴我，醫生說妳還有幾個月好活的?妳不是一直都想去歐洲玩一趟嗎?讓我請假陪你去。」

忽然，老媽變臉如變天，一臉寒霜地使勁搥了我一拳！

「呸，呸，呸！烏鴉嘴！你要咒你老娘是不是？」

我也是個有個性的人，我為老媽哭得這樣，還平白被撾，不平則鳴：「媽！是妳剛才自己說不久人世的，妳說日子不多了要死了，我又沒有叫妳死？」

我的老媽忽然又神經兮兮地笑起來，迴光返照？

「說你傻，你還不承認？誰說我要死？我是探親 VISA 快到期，我為什麼要死？死了，你老爸和那狐狸精王祕書豈不稱心如意？」

一波才平，一波又起。我是兒子，有權知道，也有義務保護老媽。

「媽——，又怎麼了？」

「我最近接到常跟我打牌每次都輸的舒媽媽的密告，你那死老爸趁我不在圖謀不軌，臨老入花叢，老牛吃嫩草！跟公司的王祕書進進出出的，告訴你，男人都是狗屁！看老娘回去收拾他！不擺平他們我就不姓劉！兒子，不是老媽對姓王的有成見，『王莽篡漢』！你知不知道？……哦，你剛才說你背著我偷看女人光屁股的書？好小子！你好的不學學下流啊你，我暫且饒了你！看你剛才哭得那麼傷心的份上。兒子，代罪立功，等媽走了，把這個在報上登個三年！」

我連忙拆開信封，忙不迭地想看老媽的「遺囑」，原來老媽挑燈夜戰，嘔心瀝血寫的是：

一世情緣

「女」，廿九歲，一六九・九公分，體健貌端，博士學位，喜烹飪，勤收拾，有內在美，重感性，富平常心。酷愛音樂看書，喜歡小動物，老鼠兔子尤甚。願與有思想、有追求、有抱負，不視未來岳母為敵人之成熟穩重善心「男士」為友。函照請寄郵政信箱……

「媽，一世情緣？唱歌仔戲啊？這……太出賣老姐了吧？還要登三年？妳不怕老姐知道了不上吊也要吐血？怎麼……老姐還二十九？媽，妳太欺騙社會了。還有，性別為什麼要加個引號註明？看起來驢驢的。」

「登三年，『三年有成』，你懂不懂？女人過了三十就是年年二十九！你懂什麼？嘴上無毛你給我少囉嗦！這年頭無奇不有，不事先聲明性別怎麼行？萬一來個同性戀或是陰陽人怎麼辦？要是年月像我當小姐的時候，我才不會這麼寫。對了，信箱我已經租好，現在神不知鬼不覺你去登，有消息隨時向我報告，人由我來相。登《洛城郵報》好了，不，不，好兔不吃窩邊草！登本地的中文報紙來應徵的還是那批娶不到老婆心理變態的小氣老光棍！給你姐登報找個爹來伺候？這不行，你姐將來會受罪。嗯，讓我想想……有了，咱們放眼宇宙，登《宇宙日報》！《宇宙日報》猴年大吉剛創刊，發行歐亞美三洲，號稱有中國人的地方就有它。開張大吉，圖個吉利，好口采。」

老媽跟我「雅爾達密約」出賣老姐後，留給我這個爛攤子，就行色匆匆回臺北捉妖去了。昨天老媽來電，問我是否「雪片如飛」？我據實以報：《宇宙日報》我們想登三年也不行，想三年有成也成不了，因為——已經倒了。不過，老媽請放心，老姐現在脫胎換骨，衣著愈來愈花俏。人常常像個女鬼似的有事沒事就敷面，皮膚嫩的像豆腐。老姐啊，變成老來嬌，她說愈來愈喜歡她的名字了。我嘛，大器晚成，SAT 考得有起色，安啦。大概以後不必賣漢堡，要賣什麼還要看老媽的「指示」……」總之，我對老媽說一兒一女前途大好。反正，哄死人不償命。電話那頭聽得出老媽是老懷暢開，喜孜孜的。不過，聽著聽著，老媽忽然又壓低聲音對我說：「傻兒子，你替你老娘出個主意，媽這些年來內憂外患，心事重重，搞得照照鏡子老得自己都不認識自己。兒子啊，你倒說說看——你老媽去美容拉個皮好不好？」

小龍女與「洋過」

Theresa Lung 是龍先生的掌上明珠，想當然耳就是名副其實的小龍女囉。

話說這ABC小龍女跟金庸筆下的小龍女長得是一樣的清麗出塵，見到這真實生活中的小龍女，常教人覺得是書中的小龍女從久遠的宋朝超越時空地理飄洋過海的投胎轉世呢。

這對古今小龍女除了外貌氣質相似，兩人連自幼生長的生活環境也雷同；金庸筆下宋朝的小龍女，自幼長住在活死人墓裡，在師父及孫婆婆的調教下習藝練武，修習玉女心經。而我今天「平庸」筆下要寫的美國小龍女，自幼亦長在美國大大有名的公墓旁，美國阿靈頓國家公墓旁的首都華盛頓，小龍女自小天資聰穎，先天的智優，加上後天父母的調教與栽培，練得是十八般武藝樣樣精通，堪稱華府多才多藝的美籍華裔少女。小龍女除了才藝外，在功課方面更是如同身懷古墓派稱霸武林的輕功，一個施展就行腳千里，讓起跑點相同一起競試的同窗小老美，個個瞠乎其後望塵莫及。小龍女有這身功夫，又遇上了美國彈性學制，腳下就如同裝了彈簧，一路遙遙領先不說，又頻頻跳級，翻山越嶺過關斬將，小小年紀就進了大學，當起了新鮮人。《聖經》上說，「兒女是父母的冠冕」，龍家老爸、老媽有個如此爭氣露臉的小龍女，就如同戴上了個光芒四射的冠冕，乖巧聰明的小龍女在各方面出類拔萃耀眼的表現，就像龍氏夫婦引以為榮冠冕上的紅寶石！有了這個令父母老懷暢開的女兒，面對目前還看不出個名堂，整天只知道Nintendo的小龍子Eric，一樣也寄予厚望，心想：有姐姐小龍女的好榜樣，「上行下效」，假以時日這顆粗糙的小石子，想必也會琢磨成一顆耀眼的紅寶石。龍氏夫婦像絕大多數在美的中國父母一樣，注重學區、注重才藝培養，也注重中文教育，如此下來，週末幾乎是為兒為女的在不停奔波，忙著開車接送當司機。「天下父母心」勞心勞力的辛苦由此可見一斑。

說到「龍頭」龍先生，平日工作繁忙之餘，寄情於寫作，謂之「忘憂時刻」。一個夜闌人靜月白風清的夜晚，龍先生一人獨坐書房，前塵往事回首一番，想到歲月悠悠，當年的襁褓嬰兒，如今已出落得亭亭玉立，「吾家有女初長成」難以言喻的欣慰，使得龍先生一時靈感大發，遂以愛女為題，鬼鬼祟祟（套用龍太太的用語）地寫了一篇父女情深辭溢乎情的散文。「一夜黑甜，不知東方之既白矣」，待龍先生文稿寫完，推窗迎向清晨的第一道曙光，此時此刻龍先生的心情正像十六年前五月的某一天小龍女出生的那個清晨時刻一樣的欣喜。

再說這人見人愛的小龍女，除了具有典型ＡＢＣ活潑、自信、積極的特性外，也十分獨立。十六歲一到考了駕照，就開始找週末打工的工作，自己賺取零用錢。龍氏夫婦見女兒初初拿到駕照不放心愛女單飛，雖然買了保險，但是仍然覺得不保險。每到週末為了成全愛女「獨立精神」，夫妻二人輪流接送。此外，在小龍女打工前，龍先生十分慎重地像送子女入學一樣，一個人瞞著老婆偷偷事先勘察了一下小龍女入世的第一個工作環境，交通地點還算方便，唯獨對那個「獐頭鼠目」（龍先生筆下描寫小人的形容詞）的餐廳經理，心中耿耿於懷。

一轉眼小龍女進入「社會大學」已快半年，由於小龍女敬業樂群，跟同事相處愉快，頗得人緣。龍先生眼見一切安好，心中緊繃的那根絃也就漸漸鬆弛下來。

一天，又到了小龍女要上班的週末晚上，小龍女開始梳洗打扮，龍太太忙累了一天小龍女的舞蹈表演和鋼琴比賽後，正在廚房料理晚飯，這時老遠的聽見在美國頗不尋常的汽車喇叭聲，叭——叭——叭——地似乎就衝向龍家，這車速和聲響讓龍太太想到國內風行的「飆車」！叭——嘎——，說時遲，那時快，就衝進了車房，要不是聽到了一個急速的煞車聲，車房的牆鐵會撞個大窟窿！

乒——乒——一陣開門聲，「Theresa 呢？叫 Theresa 給我辭掉工作！從今天開始，以後就不要再去上班了！」龍先生邊走邊張望地吼著。

折騰了一天已經疲憊不堪的龍太太，對這突如其來的驟變，一時也不知個所以為然，人累了火氣是一觸即發的，見到老公一進門如此的鬼喊鬼叫，不由得怒火中燒，一個用力就把菜刀插在砧板上——還是中心紅點——在圍裙上擦了擦手，反應也就像天下即將大吵一架的夫妻一樣，不管平常是怎麼稱呼對方，此時此刻咬牙切齒連名帶姓的從口中迸出了叫喊：「龍××！你可不可以小聲點！你老男人更年期到了啊，不發羊癲瘋改發狗癲瘋是不是？一進門就大喊大叫，到底是為什麼？吃錯了藥啊，你——」

「妳問我為什麼？讓我告訴妳——Theresa 把我的臉都給丟光了！」

龍太太自忖：女兒是我生的，從小就是個好孩子，從來也沒見過老公如此失常地叫罵，到底為了是那樁？

「我第一眼看見那個餐廳經理，就覺得他不是個好東西，皮笑肉不笑的笑裡藏刀，好東西為什麼要在餐廳裡混？」龍先生一時失去了理智，氣呼呼的邊說邊罵，怒火攻心的忘了自己也曾是一家中國餐館的老闆，再說餐館裡打工的準碩士、準博士大有人在，教育程度一點也不亞於黌宮學府呢。

「龍××！你不要沒頭沒腦的亂罵，要說就說個清楚！」龍太太說到這，想到老公沒頭沒腦的對話，有感而發的又跟進一句：「神經兮兮的，就像你寫的小說一樣！」

「妳不要轉移話題！」決心背水一戰的龍先生，戴上助聽器（平時龍先生怕吵，以談話內容之重要與否，決定是否用助聽器，再說舞文弄墨的時候，心中涓涓流出的樂章，已夠教龍先生陶醉的。）力挽狂瀾地抓住原先的話題。

「妳知道嗎，要不是劉太太『好心』地告訴我，告訴我她親眼看見的事實，我還不知情，每個週末辛辛苦苦傻傻地開車把 Theresa『羊入虎口』！」龍先生爬格成性，生氣歸生氣，四字成語還是適時地填入格內。

「你倒說說看，劉太太『好人好事』的到底對你說了些什麼？Theresa 又犯了什麼過？值得你這麼惱羞成怒，又吼又叫？」

「劉太太說，她看見 Theresa 被他們經理當眾吃豆腐，摟摟抱抱不說，還一起照相！」

從在臺灣就在美商公司工作，來了美國又工作十幾年的龍太太聽了老公的轉述劉太太的「流言」，怨恨的對象由男換成女：「這是『好心』？對，也許在中國人看來是好心，劉太太剛從大陸出來，看了當然會覺得是傷風敗俗！這在美國看來根本是『多事』！None of her business！」被老公這麼醍醐灌頂的一味強調，龍太太想起來女兒對媽咪說過餐廳員工一起照相的事。

「……老子不管什麼中國、美國，總而言之一句話，非叫 Theresa 辭職不可！」

「這叫『孟母三遷』！妳懂不懂？」站在冰箱旁的龍先生瞄到了龍太太貼在冰箱上的 Grocery List，「紋肉，9菜、餃子皮……」人來了美國，中國的口味沒忘，國字倒忘！紋眉紋得走火入魔，只有天才才看得懂妳要買的紋肉，要吃的阿拉伯菜?!「啊，老子不跟妳多說，國學太差，『孟母三遷』的道理也不懂！」

被老公「老子長、老子短」的訓斥，龍太太自然也不甘示弱，你自稱老子，我就當起老娘：「龍××！你別自以為了不起，你愛寫破文章的毛病，老娘是看不花錢，還可以賺錢，才讓你不務正業的！現在倒教訓起老娘我了？老娘就是再沒有國學基礎，也知道你根本是用詞用錯了地方！你叫 Theresa 辭職，跟『孟母三遷』有什麼關係？」

「這就是地方不好，就要換地方，有人打她念頭，就要換工作！」

「噢，照你這麼講，Theresa 這後半輩子都要不停地變動才行？在學校有男孩子喜歡她，就要轉學？上班有男同事對她有好感，就要馬上辭職？坐車有男乘客對她笑笑，就從此不坐車？」

「龍××，我看你是從小章回小說看多了，頑固的腦筋中毒已深，女兒長大了，就該關在繡樓裡，棋琴書畫一場嗎？這是什麼年代了？你這麼不分青紅皂白地亂罵，別說 Theresa 受不了，我也受不了！Theresa 是個好孩子，否則被你這麼亂冤枉，早就負氣出走……美國每年有多少離家出走的小孩，都是因為家庭有問題，父母不瞭解他們！……」

「走就走！我才不在乎！最好妳也跟著一起走，以後沒人來煩我！」龍先生口是心非嘴硬的道。

「哼！你別死鴨子嘴硬，你嘴巴說不在乎，我看你就是『太在乎』才會這麼神經緊張！」龍太太抓住老公的弱點，一針見血，一矢中的。

見老公不說話，龍太太知道自己佔了上風，所謂「得理不饒人」，繼續乘勝追擊：「我知道你愛女心切，可是用這種大喊大叫的方法根本解決不了問題，」龍太太見老公為了女兒幾乎弄得心臟病發作、腦血管破裂，「婦人之仁」的善心又開始了，心中有些不忍，講話的語氣亦緩和下來：「Theresa 長大了，長得又這麼漂亮……」（當然，因為長得像我！）龍太太臉上流過一抹自豪的神采，「漂亮的女孩，自然會引人注意、有人喜歡，現在 Theresa 在人生的路上才剛剛起步，我們應該教她怎麼應對，怎麼保護自己，學一點世故的圓滑，而不是一味地為了保護她，而一味地逃避……」

這時龍先生心力交瘁的像一隻鬪敗了的公雞，有氣無力地癱在餐桌旁的椅子上，心中嘀咕著：「怎麼應對？怎麼保護自己？說了半天，該用個成語『折衝樽俎』或是『拿揑分寸』

……」龍先生文學士習性不改，心服口不服，喃喃自語地反覆唸誦這兩句，恨不得手掌使個力道，將這深厚的內功，傳授給小龍女，好讓愛女日後在江湖上如同穿上刀槍不入的「軟蝟甲」。

「……我會找個機會，讓我們母女面對面的談談，談談女人應懂得的應對方法……，別把孩子弄得是溫室中的花朵，這樣保護不了她，反而害了她……。」

龍先生有點累了，嘆了口氣：「唉，我只是不要讓她受到傷害，被人欺負，而不自知……，她不該讓人隨便摟摟抱抱的，尤其是……」龍先生心裡仍是有些難以釋懷。

「我不要再跟你抬摃下去，如果這樣的話，以後我們有的吵！只要Theresa的男朋友你看不順眼，他們前腳出門，我們就後腳帶著望遠鏡去跟蹤嗎？拜託！」龍太太喝了口茶，看著馬克杯上穿著兜兜裙的小女孩，不由得多望了一眼，小女孩啊，妳不要長大，永遠就可可愛愛的停留在這一片光潔的釉彩裡吧！「吾家有女初長成」有欣喜，相對的也有煩惱啊……

「你今天這麼在意這件事，我們就當面講個清楚，Theresa是告訴過我他們員工和經理要一起照相的事，至於如何的像劉太太所說的『摟摟抱抱』她沒說，也許在他們看來根本就是一件稀鬆平常的事，老美不都是這樣？也許他們經理的手同時也搭在另外一個同事的身上！你就這樣覺得女兒犯了過？……」

龍太太忽然好像又想起了什麼，接著又說：「每年聖誕節和除夕的公司 Party，大家不也是摟摟抱抱？有回你還得意的說長得像瑪丹娜的女祕書被大家藉酒裝瘋的親來親去！……」

可惜龍太太「矛盾相攻」的說詞，龍先生毫無反應，因為，龍先生早已拿掉了助聽器。

龍家廚房的一場爭吵，隨著壁上的夕陽餘暉，已呈強弩之末，飢腸轆轆的龍太太，忽然想起晚飯還沒著落！兩人安靜下來後，客廳裡傳來小龍子玩Nintendo嘀嘀嘟嘟的聲音，這時，猛想起兩人吵架的主角——小龍女呢？

「Eric，你姐姐呢？」

小龍子動也不動，兩眼注視著螢光幕邊說邊玩：「Theresa 和我看你們一直在吵，你們一直在說『老子』、『老娘』的話，我們『老小孩』聽你們吵架講的話那麼快，一句也聽不懂……」週末上兩個鐘頭中文學校的小龍子，聽不懂快速國語，也聽不懂有「學問」的成語，無限委屈地說。

接著，小龍子 Eric 中英文夾雜地說：「Theresa 看你們吵不停，她說 She has never been late for work before，她不要有 bad Record，在你們哇啦哇啦吵架的時候，她自己拿了 Daddy 的Extra Key 一個人開車去上班了——。」

雅房分租

「這樣吧，Knott's Berry Farm 妳知道吧？對，對對，就在 Beach Blvd. 和 La Palma Ave. 交會口，太好了，妳就在這附近上班？那，住我們這再方便也沒有，郵局、圖書館、超級市場走路都可以到，是這樣的……月租兩百五包水電、不抽菸、簡炊、愛乾淨，因為我和我太太都愛乾淨。我姓陽，不是木易楊，是陽春麵的陽，明天早上十點，好，這樣好了，我們在 La Palma Ave. 上的 Buena Park 郵局門口碰面，否則七拐八彎的不容易找，週末去郵局的老中不少，這樣好了，我站在門口，手上拿份《世界日報》，理平頭，穿運動衣。請問貴姓？姓安，好，好，好，穿一身紅。」

掛了電話，我覺得甚好笑，這簡直就像以前的男女筆友相見嘛，你握一本《今日世界》，我帶一朵玫瑰花。

剛才陽春麵的陽先生問我有什麼好認的特徵，老實說我沒什麼特徵，沒特徵就是我的特徵。因為，我天生長了一張大眾臉，總教人覺得像某一個人，相信不管在臺北或是洛杉磯不少老中一定看過我，就是那個不起眼也不耀眼，長得普普通通從身邊擦身而過的女子。

好了，少嚕嗦，明天去看房子。

電話中聽來像個正當人家，看了再說，如果還過得去的話就先付訂金訂下來。月底公寓一年的租約到期我就搬。這麼一來，嘿，一個月起碼省我好幾百，現在的房租、電費加電話費，水費不算公寓包，這樣省下來將近三、四百塊，就算四百塊好了，四百塊不是個小數目。一年就是四千八，算五千好了，這豈不是加薪？加薪還沒這麼多。不景氣，有3％就了不起，拖拖拉拉由原先的十二個月改成十四個月才加。

如果，我搬進去，住在「雅房」裡，一年額外省它五千，加上以後以人油代替汽油走路去上班，哇噻，我發了。

我像賣牛奶的女孩一樣，一路算計下去，愈算兩眼愈發光。

說真的，來了美國我真的是脫胎換骨。

老媽說的對，「去美國，受受罪，好讓妳知道日子該怎麼過。在臺灣，妳不正常，成天就是買買買。」

現在，想不到幾年的光景，我變了，變得愈來愈不敢花錢，變得愈來愈小氣，花錢如割肉。賢慧的沒事剪個報上的優待券，買個減價又外加優待券的蛋糕粉自己關在公寓裡烤蛋糕。

最愛的瞎拼買衫，On Sale 25％ 1／3 Off 我都看不上，非要等到50％、60％ Clearance Final Sale我才會心動。

我是變了，如今老中在美國的三氣我都有；連講話也是不知不覺又自然的帶著幾個英文字。

唉，我是不會寫文章寫小說，寫出來的句子跟講話差不多，假如文筆好一點，我真想寫篇老女在美混江湖的小說，在小說裡我要這麼寫上幾句：

「老中來了美國，都要經過傻瓜期。臺灣發了後，從臺灣來的老中還要經過騷包期。等這兩期都畢了業，那就修得了正果，道道地地的成了三氣中人。」

我現在就是這兩期的應屆畢業生。

假如有人問我，在美國這幾年過得好不好，說好也好，說不好也不好。

剛來的時候，我對美國說：美國，你的名字叫便宜。

現在Pink Slip 滿天飛，我對美國說：美國，你的名字叫沒有安全感。

這也是我為什麼要居安思危的原因。

說到錢，不能開源，就要節流。

開源，我人如其名，我，安若素，除了安之若素的每個禮拜拿 Paycheck 外，我想不出別的發財的路子，賣 Nu Skin 和傳綠教賣 Barley Green，兩個老中最熱中的發財之道，我都做不來，那麼，只有一條路可走，就是想辦法省錢囉。

說到生活，不外乎衣、食、住、行、娛樂。

娛樂則能伸能屈，關在家看電視、跟著CD唱唱歌、或是跟我在電腦班認識的胖子、瘦子幾個無聊女子去 Huntington Beach 和 Laguna Beach 走一圈一樣也是娛樂，就看人怎麼過。衣，則不能省，女人嘛。食，雖然天天喊節食，吃還是要吃的，吃精食，不吃會老。衣食不能省，那只有住行將就點。

別說我摳門兒，翻開世界日報的分類廣告看看，雅房分租，吉屋徵室友，這都不是為了個「省」字兒？

唉，我又嘆氣了，老媽最看不慣我動輒嘆氣，一副老女困坐愁城狀。

唉，又是一聲，老媽不在身邊，不嘆白不嘆。

你知道的，過了適婚年齡的女子在臺灣壓力有多大，舅媽、表姑、大嬸婆一群沒有血緣關係的長輩女姻親茶餘飯後嗑牙的對象就是我。

「眼光不要太高，女孩子家的青春最寶貴，稍縱即逝……」

這還要妳們講？

遲遲不結婚，我不是怪，也不是什麼「除卻巫山不是雲」；有段轟轟烈烈的戀愛忘不了，就是時辰未到。

我正常，可是，就恨人因為我沒結婚說我不正常。

「看吧，該結婚不結婚，心理多多少少不正常，渾身長刺成了刺蝟，一天到晚像是吃了火槍藥。」

我被三姑六婆搞得快瘋了，所以我來了美國。

「去美國，也好。」在中正機場送眼中釘的時候，父母既不傷心掉淚也不跟我擁別，很理性地在出境室這麼對我說。

做人真失敗。

到了加州，在兄嫂那打尖落腳，幾星期後我就搬出來自己住。一來找的工作不在他們附近，二來……你知道的，親戚朋友遠來香。再何況一個屋頂下不能有兩個女人，趁著彼此都和顏悅色客客氣氣的時候搬出來，總比一旦起了摩擦撕破了臉被掃地出門或是負氣出走來得好。

再說，哥嫂對我也不薄，手足親戚一場能這樣已經是造化。就那綠卡說吧，哥給爸媽辦，爸媽給我辦，只有辦綠卡的時候，老爸老媽說虧了我是未婚子女，老女未婚也只有這個時候教人慶幸。

可悲。

我自言自語，這有什麼奇怪，茶几上放的就是一本黃明堅寫的《單身貴族》，書裡就說要「說話給自己聽」。

這叫發洩。

「發洩之後，別忘了仍要做你自己最好的朋友。大聲給自己加油，即使整個世界都背叛了你，你還留有一個永遠忠實的朋友，隨時準備從泥淖中將你救起，明天再把你推上高峰！」

自己給自己加油！

◆

又是一天的開始。

Wonderful Morning, Wonderful Day!

我睜開惺忪的雙眼看到床頭 Night stand 上放的 Hallmark 的玩藝兒，一個燒磁的擺飾，上面寫著：

「每一天的日子，都是上帝給你的禮物。」

亂淬勵人心的。

上帝祝福我，等一下我就要去看房子，祝我好運，祝我省錢成功。

沒有家累到底方便，十點正，準時站在Buena Park郵局門口，穿的是一身紅，醒目，好認。

站在郵局大門口像個門神。

遠遠走來一個平頭穿運動衣的五、六十許男老中，走路虎虎生風，手上的《世界日報》對我晃了晃。

「妳……是安小姐吧？」

沒錯，天字第一號順利的碰到天字第二號。

眼前的人物教我楞住了，好面熟。

一身武行的架勢，像……像成龍！

所不同的是眼前的成龍理了平頭，而且成龍經過化妝後演老生，平頭像剛被收割過的田地，露出如椿的灰白髮根。

「嗨，陽先生，你好！」正張嘴，就有人搶著把我要說的話說出來。從郵局側門開出一輛郵車，車上看來像個南洋老中的郵差咧著嘴露出一排白牙齒。

「好，好。小尤啊，有空來坐坐嘛。」

匆匆照面。

郵車轉進大街。平頭成龍問我：「有沒有開車？」

「車壞了，我坐公車來的。」老爺車經常出毛病，八五年的二手車，十萬哩已經回頭，常常路遙知「馬力」。自從在影劇版上看到身價百萬的茱迪福特斯也開老爺車，更加強了我不換車的決心。

「好，那一起走。」走在行人道上成龍說：「剛才那個傻小子外號叫『白牙齒』，真名叫尤快遞，人挺老實的，是個楞頭青，是我們這一帶的郵差，還是個大學生，臺灣×大的，沒辦法，來了美國老中都是Overqualified……」看來老成龍的英文不錯，不是只看中文報紙只看老中電視節目的人，我心裡這麼想。

「就是因為白牙齒上個月結婚，我們才登報找房客的。」

「他以前住在這?」

「不，他太太。兩人因簽收掛號信看對了眼。」

心中泛起一陣微妙又奇怪的漣漪。我說過我不是跟婚姻拒絕往來戶，我一樣的會做夢，一樣的愛編連續劇。啊，「雅房」的風水這麼好。

亦步亦趨的走進圖書館後面的住宅區，是一排排的Townhouse。

開門，家中闃靜無聲。

「噢，我太太在人家家還沒回來，女兒讀十一年級去學校考SAT，我在Motel上班，上晚班。」成龍說道。

這時我看見掛在牆上的全家福，是成龍、素珠和女兒沈殿霞。

「妳跟我們一家住樓上，來看看房間吧。」

跟著上樓，眼前是個小房間，可以在這裡寫老女安妮的日記。

「就是這間。樓上有三個房間，共用浴廁。我和我太太、女兒住兩間。還有……我們這沒有洗衣機，洗衣拿出去洗，此外電話費三家攤，若打長途電話另計。這一帶地點好，房子很快就租掉的。」

其他好辦，就是共用一個衛生設備……「共用一個衛生設備好像有點不方便，假如有單獨的就好……」

「自己有一套衛生設備的在樓下，可惜，被小鬼租了，不過，那要貴一點，月租三百。」

我寧可多花五十，50÷30=1.6，每天多花一塊多就可以有個「書房」。

可惜，有人住，猶豫不決，舉棋不定，省錢還真不容易。

「樓下住的是個小留學生啊？」我隨口問道。

成龍笑了笑，「說是小鬼，其實是個大男人，個子長得袖珍，我們都叫他小鬼。小鬼是個老廣，跟我們住了好幾年了，不愛說話，挺會過日子的。家住在紐約開餐館，人在Long Beach的麥道上班，是個單身漢，每個週末上午出去練氣功，男房客住樓下比較方便。」

天賜良緣！

喜怒不形於色——

「我很喜歡這裡的環境，我先訂下來，訂金是……」我的心砰砰跳，我好像聽到悠揚的結婚進行曲。

「三八，悶騷。」這時心裡有個聲音對我說。

「訂金隨便，象徵象徵就好，會從房租中扣掉。押金是一個月的房租，也就是說妳最後一個月不必付房租。住嘛，最起碼要住六個月，不能這個月搬進來，下個月搬出去，那我們一天到晚都要登報紙。」

「我至少住一年！」我脫口而出。

一年的時間足夠我演連續劇。

快速的簽支票，一口氣付了押金及一個月的房租，簽支票的同時我似乎看到自己在結婚證書上蓋章時微彎的身影。

「我願意。不，我是說我很喜歡這裡清靜的環境。」

「對了，還忘了請教妳叫什麼名字？在美國大家都直接稱呼英文名字，以後叫我湯姆，我太太叫珍妮、女兒叫黛比。」

「我叫安若素。」打著如意算盤，搬進面壁思過的小屋，在小樓上的空間裡編織我的老女綺夢，不叫安若素叫什麼？「我英文名字叫Susie。」我接著又說。

「今天已經是二十號了，妳下個月一號搬進來，方便吧？這幾天我們把地毯吸吸，打掃打掃，對了，妳的電話號碼留給我，有什麼事好聯絡，這是住家號碼？上班的電話號碼也給我一個好了，這是……」

薑是老的辣，不著痕跡的精明。

「我在Long Life保險公司，這是我上班的電話號碼，我在會計部門。」

限女性、不抽菸、愛乾淨、簡炊，有正當職業。

我都符合。

以後就看我怎麼迷老廣。

回家的路上，我又到 Buena Park Mall 裡的 Hallmark 買了個擺飾，上面寫著是：

「信，望，愛。」

夠三八的。

◆

搬進來的第一天就看見了小鬼，也看見了珍妮與黛比。

黛比抱著一大袋 Potato Chips 坐在沙發上，珍妮的兩道眉毛描得又黑又細，眉頭甚近，有人說看女人看眉毛就知道是不是小心眼心胸是否狹窄。

「小鬼，這是安小姐，Susie。」

「妳好。」廣東腔。

「蘇西，這是鄺先生，鄺有志。」

活脫就是周潤發小馬哥！方臉短下巴，臉上帶著正邪不分的笑容，笑起來有明顯的魚尾紋，這對我有利。身高約一六八公分，配我一五六剛好。

搬進來的第一天晚上，我沒有做飯，簡炊。因為——

廚房輪番使用，飯桌輪流吃飯，冰箱三層分配，冷凍庫劃出左右中，廚房內還有個不插電的破冰箱充當碗櫃。

一時真不知如何下廚？

待湯姆一家用畢，輪到周潤發上場，我呆了——

站在爐臺前的周潤發噼哩啪啦炒的是我最愛的廣州炒麵！

我冷眼旁觀，暗自評分。天啊，吃麵的時候竟沒有一點聲音。

我要打造訂做的男人出現了——

一個喝湯吃麵不發出聲音的男人。

我從大學第一次約會到現在，終於發現符合我唯一條件的人。

這夜深夜，我飢腸轆轆，嘴巴唸唸有詞。

從開始交第一個男朋友時，我就有個毛病，喜歡拿男朋友的姓自己琢磨琢磨地唸唸×太太，或是配個×安氏，看看順不順嘴雅不雅。

少女刁鑽時代，我嫌——

黃太太，太色情，太查泰萊夫人。

朱太太，欠文雅，有婚後變肥婆之慮。

白太太，白費心，無望，到頭來一場空。

麥太太，還得了？

沙太太，太恐怖！

現在，我反覆唸著鄺太太，鄺安氏，我「安良工會」，再加上冠夫姓，活脫就是僑領夫人的派頭。

這時，廚房裡殘留的廣州炒麵味，在深夜裡化做一縷勾魂香，朦朧中我彷彿看見一幅天倫親子圖——

那是，我嫁了周潤發後，手藝比老婆好的老公背著孩子正在廚房給我炒廣州炒麵。

那天正是我們的結婚紀念日。

Tonight I celebrate my love for you……

CD player正放著這首歌。

………

第二天一覺醒來，下班的下班，上班的上班，上學的上學，細眉毛房東太太拎著提袋到人家家上班 Baby–sit，「僑領」看都不看我一眼。

夢幻與現實的差距竟是這樣大！

現在總算是習慣了人民公社的日子，所謂「窮則變，變則通」我想出了應運之道：房東一家用餐的時候，我上樓「潔身自好」，他們輪番潔身自好的時候我在樓下祭五臟廟，作息時間環環相扣，習慣了也就好了。

至於連續劇的男主角小馬哥周潤發則常常神龍見首不見尾，晚上在樓上聞到一陣館子味的爆炒香，我就知道周潤發回來了，回來又怎樣？沒戲唱。

連續劇演不成，人算不如天算，算了。我自己關起門來看電視連續劇。

我說過我是很省錢的，週末胖子、瘦子不來找我的時候，我在家看卡通片，看 Tom & Jerry，一天就在看 Tom & Jerry 的時候，樓下的湯姆和珍妮吵架了。

起先，就聽著不對，是壓低的嗓門在爭論，後來一發不可收拾——

「都是你！都是你害的！騙我們來美國跟你受罪！女兒為什麼要先讀社區學院再轉到其他的大學？省錢？噢，現在知道省錢了？當初帶著錢來美國的時候為什麼聽也不聽我的非要頂下那個爛飯店？猴急的按也按不住，生意好人家為什麼要賣店？動不動就說女人懂什麼，哼，賠的錢足夠女兒讀好幾個像樣的大學！我哥哥那傻瓜兒子人家都讀個有頭有臉的大學，你讓我站在他們面前臉往哪裡擱？來了美國你就讓我沒面子！我這輩子沒幫人看過孩子，黛比小的時候我們家還請歐巴桑，現在輪到我到人家家去看孩子，我受夠了，別人問起我，我還要自己給自己抹粉地說待在家裡寂寞太無聊……嗚……都是你！我要回臺灣！你喜歡美國你住在這『享福』，這種福氣我受夠了，我帶女兒一起走！」

「講點理，有點理性好不好？反正一吵架妳就提開餐館賠錢的事，當初妳還不是動不動就寫信給朋友說我們在美國開的不是小餐館，是可容納好幾百人的大飯店，做生意有誰喜歡賠錢的？我剛才說到黛比先讀 Community College 有什麼不好？這有什麼沒面子？多少老中小孩不都是這樣？再說以後讓她自己申請學生貸款有什麼不好？這是制度，不用白不用。告訴妳叫黛比不要跟暴發戶送出來的同學比，有什麼好比的？無聊、虛榮！還有，妳想到沒有，黛比讀完了大學，了不起再讀個研究所，到時候結婚嫁人，我們養老金總要替自己打算點，現在動不動怪我來美國，當初妳哥哥給我們辦了綠卡，妳還不是高興得很？現在只要一股氣不順就全怪我？妳能幹點，有本事拿高薪回來養家！妳以為我喜歡在 Motel 做？還不是為了妳們，為了這個家，在美國什麼氣都要受，白的黑的黃的氣都要受！我×！」

「陽海運！你嘴巴給我放乾淨點！好哇！到現在你可說了真心話，你嫌我沒給你生兒子，嫌我不會賺錢不能幹?!你摸著良心說，我三十好幾拚著老命給你生後代，你自己跑船叫我守活寡！要翻老帳好嘛，你不要以為我不知道。現在怪我不能幹，你在臺灣為什麼不早說？為什麼放狗屁說男主外，女主內？噢，現在大帽子扣下來了，我早就告訴你，當初你接Motel的工作就要先跟那個老中老闆說起碼要一千，少於一千不做，你自己不好意思開口，現在怪我？怪我不做事？你以為我喜歡拉下老臉到人家家給人看孩子？看那對年輕夫妻的臉色？禮拜一到禮拜六整天關在那好過的？人家夫妻倆禮拜六逛街下館子，小孩家裡請人看，你以為我看了好受？同樣是人，我為什麼要比人家矮一截？」

「妳心理有問題！簡直不可理喻！來美國自己過自己的，為什麼要管別人？」

「你心理健全?!你自己在這裡混！我受夠了，我要回臺灣！黛比，拿車鑰匙，開車！我們走！」

「走到哪裡去？現在氣沖沖的叫黛比開車，黛比會不受影響？別忘了，黛比開車還沒給她買保險！」

「不管！我們母女就是被車撞死也比受罪好！」

「黛比！不要聽妳媽的，妳媽現在失去了理智！」

「爸——媽——，你們不要再吵了好不好！來了美國你們動不動就吵，我不讀大學行不行？明年畢業我就去做事，存不夠錢我就不讀，你們不要為錢吵了，我煩都煩死了！」

「陽海運！你有沒有良心？女兒自己要想辦法……你聽了不難過？嗚……媽要飯也要讓妳讀……」

「我又沒有不讓女兒讀書？說話小聲點行不行？小鬼在家蘇西也在家。」

「誰叫你要租人家的房子當二房東的！我又沒叫你當！」

砰——

「不可理喻！」

一陣門聲，汽車發動聲，想必湯姆憤忿離家。

嚇得我一整天不敢下樓，周潤發那也沒聽見開門聲。

再跟房東夫婦見面時，我跟周潤發都不好意思，好像我們的地位顛倒，讓人聽到吵架內容的是我們。

「珍妮，妳今天穿的衣服很好看。」周潤發提著007手提箱上班時，一反常態地沒話找話講。

房東太太穿的根本就是一件我們看過的舊衣服。

有意思的是，湯姆和珍妮都想逮住機會裝得很自然地對我講話。

湯姆不在家的時候，珍妮對我說：

「蘇西啊，我不把妳當外人，妳千萬別見笑啊，在美國這幾年日子也真的苦，以前在臺灣我們可是人上人，走在路上有人跟我們打招呼我們都不知道對方是誰呢，海運那時當船長拿美金待遇，大家都過得苦哈哈的時候我們家美國大冰箱就有兩個，我穿的戴的全是舶來品，我自己父親又是在立法院上班，在大陸時是個大戶人家，祖父是秀才，家門口的大槐樹好幾個長工都抱不攏，鬧荒年的時候我們家賑災擺粥攤，湯姆啊，來了美國有志難伸，人英文好得很，地球跑了好幾圈，去過二十多快三十個國家，以前我們一家三口人人羨慕，現在，也難怪啦。」

珍妮不在家的時候，湯姆對我說：

「蘇西啊，我們不把妳當外人……唉，黛比都是讓我太太給慣的。說起我太太，對孩子的母愛是絕對的，這點是沒話說的。」

「我知道。」

對湯姆和珍妮我都這麼說。

◆

好一陣子西線無戰事。

轉眼過了半年，周潤發沒對我說過半句話。

我對周潤發這個柳下惠的個性愈來愈好奇。

機會來了，那天我休假，屋裡上下正巧沒人。

我知道我不道德；我躡手躡腳地跑到樓下周潤發的門前，想從門縫偷窺一二，只想以小見大研究研究這個怪人，偷看一下，不要緊，我自己對自己這麼說。

誰知——

門沒上鎖，是——虛——掩——的！

天人交戰，掙扎了好久，我抬頭看看天花板，想看看老天爺，也想看看有沒有閉路電眼什麼的。

天賜良機！

我開門走了進去，簡單的家具，書桌、坐臥兩用的沙發床，真的很會過日子。

浴室的襪子整齊的掛著像是過聖誕節。

就在這時，不看還好，我在床頭看到了兩個標語，那是：

三十虎四十狼五十金錢豹

潔身自好不近女色延年益壽

鄺有志啊，鄺有志，你的名字就可以做橫批！

我好氣又好笑，手腳發軟，自己都忘了是怎麼上的樓。

我抱著枕頭狠狠地哭了一場。

我想，我是瘋狂地愛上了他。

落花有意，流水無情。看樣子，以後要到西來寺出家。

春去秋來，一轉眼又是聖誕。

心情跟到處充盈耳際的聖誕鈴聲成反比。

聖誕緊接著是新年，年年難過年年過。

打起精神回兄嫂家團圓，抱著紅紅綠綠的禮物當一雙姪女兒的聖誕老人，當個慈愛姑媽總比當個賴在家裡嫁不掉的小姑受歡迎。

周潤發回紐約膝下承歡。兩個現代小氣雅痞各走各的。

在開往 Torrance 的路上，我的老爺車裡放的是鄧麗君唱的〈愛的開始〉——

不要再說春還沒來，

不要再等那天邊的雲彩，

何妨在路邊摘下一根小草，

做兩個指環我們戴。
不要再說花還沒開，
不要再問那茫茫的大海，
如果要相愛，就要有個開始，
總不能深藏在心懷。
為何愛的門早已經為我們開，
可是我們卻在門外無言的徘徊？
不如我們就把愛的開始約定在今天，
免得苦苦再等待。
為何把兩個愛的夢遙遙的分開？
我們在夢中各自低頭細訴情懷？
不如我們就把愛的開始約定在今天，
免得苦苦再等待。
啦……啦……
我一路氣若游絲的啦到哥哥家門口，抬頭一架飛機掠過。

◆

一元復始萬象更新，嫂子說過美國新年也要圖吉利，囑我回去在子夜時分窗門大開在屋裡地上扔九塊桔皮，如法炮製老中農曆新年也扔，雙管齊下不怕好運不來。

我意興闌珊。

唉，歲月無情，年華老去，最怕過本命年。

觸目心驚，安小二過年一年不如一年。

倒是房東一家挺起勁的，不吵也不鬧了。

「蘇西啊，過農曆年我們全家要回去一趟，回去處理些私事。」湯姆說道。

「我們在臺北還有房子租人，現在很值錢，房租就夠我們在美國租房子，我們不是沒有房子。」細眉毛珍妮撇嘴補充，女人到底是女人。

「要麻煩妳幫我們看家啦，小鬼有時腦筋打鐵，偶爾會短路。我們回臺灣三個禮拜，來美國後還沒回去過，回去看看，看看可以弄些什麼生意來美國做……」湯姆又說。

「黛比，下午開車我們去K mart和Fedco，去買點化妝品好送人。」

「媽，現在臺灣的人都講究得很，幹嘛買那些便宜貨?」

「我送妳舅媽、姑姑她們，她們土得很，她們懂什麼！」

房東一家回臺灣過年了，是周潤發送他們去飛機場的。

接著，孤男寡女共處一室，儘管自己愛編連續劇，在這個時候就覺得真不方便，想找胖子或是瘦子來陪我，要不我就住她們家。

人同此心。周潤發當天就找個老廣來。

我在樓上煲電話粥，兩個男人講話我仍聽得見。

「恭喜你囉，近水樓臺……溝到條女。」

「連你都玩埋我呀！唔關我事。」

「係靚女？」

「你上去睇吓就知喋嘞。」

「你來，我就安全。老姑婆想非禮我嘅機會就少咗好多啦。」

一陣男人狂笑奸笑交加。

激死我啦，我覺得好侮辱！

我雖不是鍾楚紅，也是有個性還算經看的梅艷芳！

兩個在樓下喝啤酒的男老廣，不知道出國前我曾在青年服務社學過廣東話。

簡直要吐血。

第二天，我頭也不回地住到胖子家。

「蘇西，妳乾脆搬來跟我們住好了，妳那時找房子的時候我們家有房客，現在朱麗葉搬到男朋友羅彌歐家，房子空了，正好妳來住，一個月三百，晚飯跟我們一起吃，怎麼樣？妳住在那，真受不了吔，只有妳安若素可以忍受，什麼美國冰箱有兩個，父親在立法院上班，妳煩不煩？每次去找妳，我都要聽一遍，對了，還有祖父是秀才，自己年輕時像甄珍，有次去妳那開冰箱拿妳的飲料，你們『甄珍』說我冰箱門關得太重會傷冰箱，冰箱，動不動就說兩個冰箱，我家在臺灣還是代理進口電器賣冰箱的呢。」胖子一口氣說完，大概憋了很久。

那天瘦子也在場，瘦子和老公都在讀書，最近租了房子急著想要找房客。

「蘇西，妳也可以住我家。別誤會，我不是跟胖子搶生意拉房客，我們住的公寓離妳上班更近，少走不少路，房租就比照妳現在的。」

「就是說嘛，反正妳要搬，隨便搬我們兩家哪一家都可以，不要再住杜鵑窩了，住在那，房東小氣的夏天冷氣都不開，妳練蒸籠功啊妳，噢，還有個陰陽怪氣吃狗肉的老廣。」

我聽了好笑。「胖子，聽妳形容的，那有那麼嚴重，人來了美國都會省。妳說人家吃狗肉，喂，別忘了妳自己最愛吃臭豆腐，不臭不食。」

「說真的，讓我考慮考慮。」

哀莫大於心死，本以為是我人生驛站中最關鍵的一站，想不到是傷心的小站。

雖然，胖子瘦子都有地方讓我住，住這麼一次雅房分租已經夠了，以後，我寧可少買幾件靚衫，還是一個人住，我這麼想。

◆

房東回來不久，鄺老爹鄺老媽來洛杉磯看兒子。

要是換做以前，我會想這是我的準公婆到來。

現在跌停板，也好，省得故作賢淑翹著屁股宜男狀。

我上班下班，心中不起一絲漣漪。就是上樓的時候明知有人在睇我，我也不當一回事。

鄺老媽疼仔，整天在爐上煲十全大補湯。

補也白補，我真想對穿著唐裝襖掛的鄺老媽說：

「你嘅發仔係怪胎，都唔碰女人嘅。」

隱隱約約地聽到：

「係唔係你嘅女朋友呀！做乜唔介紹俾我識呀？……你兩個係唔係有問題？……」

「做乜嘢呀？……你問我，我問邊箇呀？……」

我睜著「天真無邪」的大眼下樓，假裝聽不懂。

做乜嘢呀？

「淫夢」已遠。

◆

當初自認爽快其實三八的誇下海口要住一年，現在總算熬到。

沒什麼好留戀的，是該搬走的時候了。

我揮一揮衣袖，不帶走一片雲彩。

儘管說得瀟灑，我想我是不會忘了這一年的點點滴滴，尤其是鄺有志給我的窩囊氣。

猶記得一年前我是怎樣的心情搬進來，孰知一年後卻是以這樣的心情搬出來。

黯然神傷。

可恨的還被人說成會非禮男人的老姑婆。

「士可殺不可辱。」一想到這，就想切腹！

當我告訴湯姆一家下個月一年期滿後我將遷出，耳邊即有兩種反應和一對眼神。

老平頭說：「好，沒問題，打算以後住哪兒啊？以後有空常來坐坐嘛，總是緣分。」

細眉毛說：「我們房子租得快，上回有個我父親以前在立法院的屬下的女兒想住，給我回絕了，現在正好。」

兩種話聽完，我看見鄺有志那周潤發似的眼神。

這個眼神若是看到我切腹，不知會不會流下懺悔的眼淚？會不會從此遁入空門？

一天下班——

兩人冤家路窄地同時站在門口掏鑰匙。

「安小姐……蘇西，你要搬了？當真？」

一年來換來的就是這句話，這句唯恐我不搬走的話。

異形魔女捲鋪蓋，你真係要大事慶祝咯！

「我……想……You know……我一直想請妳好好吃頓飯，可是……不敢開口，妳現在要搬走啦，臨走前……我……可不可以請妳吃頓 McDonald's？」

我想都沒想就衝口而出：「孤寒佬！你唔怕我非——禮——你？」說完隨即大笑，好像投胎人世為的就是要等到這個節骨眼跟他說這句話！

這時心中像國慶日夜空放的煙火，心花一個接著一個開。

啊，忍不住地要大叫——

好嘢，我嘅廣州炒麵！

初戀情人不要見面

感情若是沒有幾分遺憾，如何能有千迴百轉的滋味？

這幾天董秋梧一直在想這句話，想著想著，自己覺得自己有幾分像瓊瑤劇中的女主角。

董秋梧到底是個什麼樣的女人呢？不用說，能在腦海中一直縈繞這句話，多多少少是個多愁善感，帶有幾分纖細心思的女人。

不錯，一點也不錯。董秋梧年紀這麼老了，到現在在廚房洗菜，看見青菜上的菜花，都會端凝一陣，然後找個花瓶把它插放在窗戶臺上。你看，在柴米油鹽二十多年的生活中還能保持像小女孩的心情，可真不簡單。要是換上別的家庭主婦，早就煩都煩死了。董秋梧如今年齡一把仍能這麼地「異於常人」，想當年年輕的時候，不用說是多麼地「走火入魔」。發神經的事沒有一樣沒有做過的。

據舞文弄墨的人說，這叫「唯美」。還有叫什麼「至情至性」來著。

說的也是。當年董秋梧讀中學的時候，最得意的就是自己被父母取的如詩如夢的名字。在那個年代，民國五十年的時候，環顧班上同學多半叫罔市、招弟，稍微有點學問的叫燕雀、瓊枝的時候，董秋梧這三個字在點名簿上是格外地超俗與飄逸，簡直像《紅樓夢》裡沒事會吐兩口血的清秀佳人。

秋梧，又姓「董」，實在太好了。不會作文都不行。要知道那時候瓊瑤的小說還沒發跡，父母給子女取詩情畫意的名字尚未蔚成風氣，董秋梧的父母能以「秋雨梧桐」給兩個女兒命名，實在少見，沒慧根大概想不出來。

至於董秋梧的妹妹董雨桐，腦筋是直來直往的，就一點也不領父母的情，總覺得是像地理課本上常出現的某某省的特產木材與桐油。

所以說，什麼事都是因人而異的。

初中時的董秋梧，因為性向的關係在作文簿上就開始月朦朧、鳥朦朧了。再加上叫雲中鶴的國文老師是個江南才子，這一老一小可對上了。所謂「對」；不是要演《窗外》（那時候《窗外》還沒上市，沒有窗），而是師生頗對胃口，董秋梧初中三年一直是雲老師的得意門生。每次雲中鶴老先生要改作文的時候，都要從一疊作文簿中先抽出董秋梧的，所謂「先甜後苦」，看了好文章再看狗屁不通的，否則，簡直改不下去。

董秋梧因此在國文課上一直意氣風發，可是，在數學課卻是「割地賠款」。造化弄人，偏偏數學老師和國文老師在辦公室裡坐在一起。數學老師一直百思不解，怎麼在數學考卷上像個「智障兒」，在作文簿上又像個早熟的「小天才」？

董秋梧就在心裡極不平衡的衝激下度過了初中三年。直到後來瓊瑤小說紅了，才一掃往日的陰霾。原來，數學不好的小女生都是靈氣逼人、不食人間煙火的小才女。

好了，以上是造成董秋梧個性的背景淵源。

話說時光荏苒，轉眼上了高二，就在高二那年，寂寞的十七歲，董秋梧參加了救國團的文藝營，說來參加這活動，都是因為當時風氣不開放，少男、少女想藉著這種父母、老師、教官不會反對的「正當」活動認識些異性而已。就在那一年董秋梧認識了也是十七歲的小和尚麥宇文。

麥宇文這個名字當時聽來算是有水準的，頗有些書卷氣。

像所有的初戀，董秋梧和麥宇文也是無疾而終的。有人要說了，不見得哦，我跟我老公（老婆）就是初戀情人，那，我沒話說，你們是命好。（吵起架來的時候，大概說命不好，太虧了。）

就因為董秋梧自認是個性情中人，像絕大多數的人一樣忘不了自己的初戀。結了婚，嫁了老公，心中仍有個角落。

偶爾陰天下雨，或是滿山楓葉，要不就是像現在窗外飄雪的時候，董秋梧自己也不知為什麼遇到良辰美景，心中最溫柔的部分想到的不是正在上班的老公，而是久遠年代裡的他？想歸想，女老中從小接受的禮教教條常常又逼著自己罵自己一聲三八。

儘管如此，這幾天自從知道麥宇文要來華盛頓開會的消息後，心中就是常常罵自己，也再無法平靜了。

說來這個消息還是高中同班後來也是大學同校的死黨羅理梅告訴她的，因為羅大媽太清楚董秋梧這場沒出息的初戀。

「要不要去看看他？人家現在可神氣了，一天到晚代表××企業到各處開會，來頭不小呢。這個週末華府僑學界在財神大酒樓給他接風，餐券我有，《華府論壇報》給的，不去白不去，不吃白不吃。去看看他還像不像妳說的年輕時像小虎隊的蘇有朋嘛。」

「……」董秋梧要死不活，無語問蒼天。

「喂，年紀這麼大了，不要這麼鮮好不好？沒出息！平常神經兮兮地會想到他，一旦可以見面了，又害怕，怕人家會拉妳上床似的。不是我說妳，妳的個性就是有時讓人煩得想把妳給掐死。」羅大媽講話一向亂中要害。

董秋梧懶得理她，自己開始千迴百轉。

◆

夜深人靜，一時對身邊打呼的老公有說不出的嫌惡。麥宇文一定不會。記憶中當年他就是少有的溫文儒雅模樣，雖然那時理個小平頭，打扮的不怎麼入流，但是有氣質。人一有氣質，就會化腐朽為神奇。能在土驢驢、又統一包裝的造型下讓人為之「眼睛一亮」。

董秋梧翻來覆去愈想愈睡不著，乾脆披衣而起，輕輕地下了樓。到了廚房又輕輕地給自己沖了杯維也納咖啡，拿咖啡罐的同時心情好得出奇，像是即將掀起記憶的錦盒。心情如此婉約，不由地也讓人覺得史特勞斯父子就在咖啡罐裡面。於是乎，董秋梧以前最心儀的一部老片子《翠堤春曉》的主題曲不知不覺地就縈繞耳際。難怪了，這電影是跟麥宇文一起看的嘛。啊，夜深人靜，像作賊似地董秋梧，沒辦法，就是喜歡這調調兒。這又要話說從前了，以前住校的時候，每到晚上董秋梧總愛和她一樣吹了熄燈號不睡覺的邱素月坐在荷花池畔看星星。那時還曾想過要是嫁給麥宇文，要生個女兒，女兒名字叫思荷。

很得意。也覺得只有她可以想出這個名字。

少女情懷，沒想到快三十年後，竟會突然重現。

情之為物，無關歲月。

董秋梧忘了不知在哪本書上看過這句話。

董秋梧不由地又輕輕嘆喟一聲。

這是多麼難得的一個夜晚啊，什麼都是輕輕的。輕輕地下樓，輕輕地沖咖啡，還有輕悄悄的心思，就像窗外雪花飄落；有聲音的，但要用心聽，沒有慧心的人聽不見。

啊——

原來把情戀深藏自有曼妙情趣。

董秋梧一點也不覺得神經，就這麼一個晚上一發不可收拾。

說真的，不知為什麼，每到人多的場合，總會看到和麥宇文相似的臉，甚至聲音。說相似也不真的相似，只是那麼一點點的神似，這就夠了，這就夠教人心跳，或是在人群中慌亂的不知所云。這也是所謂「吃不完，兜著走」罷。記憶真是不長進的東西，為什麼總是固定在一個定點上？將近三十年後的麥宇文，臉上是不是還有以前的笑容？笑容依舊？還是老了？當年的小平頭，頭髮白了？為什麼這張臉在我的記憶中永遠是十七歲？

麥宇文啊，麥宇文。

多情應笑我。

一夜黑甜，轉眼天亮。

董秋梧打了一夜呼的老公和一兒一女漱洗完畢走下廚房。年輕毛孩子永遠粗枝大葉，永遠匆匆奪門而出，根本發現不到有什麼異樣。倒是董秋梧眼裡「很沒氣質」的老公坐在餐桌前的時候有些詫異；不知為什麼今天的早餐早早的就準備好，而且比往常豐富了好幾倍？還有，令人奇怪的是，老婆的眼神躲躲閃閃異於往常，往常像法官審犯人似的，今天卻不敢看他。

◆

其實，麥宇文早已不再是當年沒見女人的小和尚了。

在臺北不管是在官場或是商場混的男人，又有誰是表裡如一的呢。

這年頭男人闖事業，多多少少得有幾把刷子。

卡拉OK要練幾首招牌歌，還有，聲色犬馬的應酬不能裝得太清高。

所以董秋梧太天真、也太唯美，一直把麥宇文還是當作小虎隊的蘇有朋。事實上，麥宇文什麼陣仗早已見識過。

不過，麥宇文這點倒是不錯的，每每「應酬」回家總會向糟糠妻自首。就憑這點麥氏夫婦可說情比石堅。

「能修到這樣的老公，不知是幾輩子的福氣！」大家都這麼說同時麥太太也這麼想。

在國中教書的麥太太的同事常常地還這麼說：

「妳命好，不像我走在路上看到跟我老公長得很像的小孩，我都疑心是他在外面的私生子。」

草木皆兵。

在臺北當老婆，比在臺北居還不易。

「怪都怪現在女孩子太大膽！」

辦公室裡的一群女老師同聲一氣。接著往往再加上一句：

「那像我們以前那麼乖。」

因此，可以這麼說，麥太太覺得這個老公還真不錯。

可得要好好守著這個老公，免得被人搶走了。

男人嘛，應酬總是有的，就讓他去。

只要每次自首，不出亂子也就行了。

麥太太是很典型的。就像路上絕大多數的婦女一樣。

再說麥太太一輩子也只交過一個男朋友，跟他出去看了幾次電影，鄰居們就認定張家的秀珠要嫁人了。

麥宇文就不同了；相親的、被人故意安排自然認識的、以及年輕時「心術不正」參加各種活動認識的就一大堆。不過，只要誰提起「董秋梧」三個字，到現在兒子都十八歲了，心頭仍會一顫，說誇張點是一陣痙攣。

麥宇文現在一個人就在華盛頓的五月花旅館裡，剛剛接受了此間中文報紙的一個胖記者訪問後——媽呀，原來她就是董秋梧的同學羅理梅！麥宇文一時受到震驚，心情也就開始起起伏伏了。

多少年沒有這樣的心情了？

唉，歲月真不饒人啊，羅大媽怎麼會變成這副德性？口口聲聲還說是吃素，真讓人不敢想像吃葷會是什麼樣？董秋梧她好嗎？不知現在是什麼樣？還是細聲細氣的吧？嫁的老公是個什麼人？言語無味、腦滿腸肥？對！一定是！鮮花都是插在牛糞上。

捻熄了菸，麥宇文覺得該清醒清醒，於是走進了浴室，跳進了浴缸。

誰知在氤氳的水氣中，拿著Deodorant的肥皂渾身塗抹的當兒，不經意地低頭望了望自己的中廣身材，忽然像汽球洩了氣。現在的「條件」這麼差，人家還會甩我嗎？早知道董秋梧人在華盛頓，來美國前兩個月我就每天慢跑，不跑出個像馬英九我就不要來！現在說什麼都晚了。「書到用時方恨少，肉到『現』時方恨多」。就因為麥宇文在洗澡，男人從中學開始就有的念頭此時此刻像虛胖的身體一樣坦白地浮現在嘩啦嘩啦的水聲澆淋的心中，麥宇文忽然幻想董秋梧就跟他一起洗淋浴。

齷齪！

我還算不算是個人？

聽……羅大媽說明天餐會上帶董秋梧一起來，要是她老公沒來的話，就代表嫁的老公帶不出去，那麼，她對我還沒忘情。要是老公西裝革履來的話，就是來者不善，知道我這個人在他老婆心中的份量。當然，最好是董秋梧一個人來，飯後羅大媽又識相點早早離去，那我就邀她飯後再喝杯咖啡，咖啡店就在這旅館附近找好了，總不能一下子就帶她來五月花樓下喝咖啡吧。假如……董秋梧欲語還休……啊，實在不敢往下想下去。

會這麼天從人願嗎？就算董秋梧不小家子氣上來了又怎樣？能像老美電影中的久別重逢，先是燭光小酌，然後舊情復燃，兩人噼哩啪啦脫衣服？……

做夢！

人家是良家婦女，再說女老中一輩子也不會讓人這麼爽。

態度曖昧，像是給你施什麼恩。家中的老婆連白天還不行。

上次陳董就說，家中的老婆像熊貓，一年發春一次。

我想是男人，尤其是中國男人，都會羨慕外國電影上的男主角，不分時地，都有女人採取主動，一輩子能有個女人抓著我的領帶又迫不及待地把我的襯衫釦子嗶嗶剝剝地給剝開，接著嘛又手腳俐落的拉拉鍊……

啊，董秋梧能這麼對我一次，教我事後暴斃也甘心。

意淫啊，意淫。

人家記不記得我，我還不知道。

我卻像高中時代幻想限制級。

麥宇文啊，麥宇文，人前人模人樣的你，原來你的名字是卑鄙。

董秋梧啊，董秋梧，多少年來我心中的神，我卻這麼地冒犯妳。

原諒我，秋梧。

也原諒我，老婆。

還有，兩個兒子，你們不知道你們有這樣的老爸。

我引我自己為恥。

衣冠禽獸。

梧，夢中的梧，再說一聲對不起。

◆

「好啦，好啦，去嘛。瞧妳這個婆媽個性！都是什麼年代了，妳以為是宋朝啊，為什麼女人去見個以前男的朋友，就先把自己搞得像紅杏出牆？」

「欸，別我我我的，我說叫妳去，妳可別以為我是《金瓶梅》裡的王婆啊，我告訴妳哦，人家麥宇文可有風度得很，我早就訪問過他了，人家口口聲聲地說『代我問候董秋梧』，那像妳聽到他的名字像聽到情夫的名字似的。」

「哎呀，大大方方去吃頓飯。要不，跟老公一起去好了。免得妳回來有犯罪感，深更半夜要幫他做宵夜。告訴妳，下輩子投胎我要當教育部長，生活與倫理、公民與道德，把女人搞得畏畏縮縮的都要改。告訴妳，年齡一大把了，何必要做小兒女態。今天你們兩個都有善終，見見面又怎樣？假如你們中有一個人婚姻不幸，我還怕你們見面呢。萬一，一個人說我一直愛著你（妳），另一個又哀怨地表示自己是為結婚而結婚，從來都無法跟另一半溝通，完了，這下子會搞得雞飛狗跳！這種偉大的愛情在電視劇裡看看就好，搬到真實生活中夠煩的。當然，像我們班上的吳莉莉婚姻生活痛苦了二十年，離了婚，老天有眼又讓她碰到以前有過婚約的未婚夫，巧的是人家也離了婚，現在兩人繞了一圈又在一起，我看是上輩子做了什麼好事感動了天地。要嘛就像我有回在報上看的一個真實故事，一個六十三歲的泰國老鰥夫和六十一歲的老小姐有情人終成眷屬，很感動人。在我看的人間百態，最好的就是一對有情人，啊，就是像妳這種當年想愛又不敢愛、沒出息、又太過矜持的人，到老了，兩個人還有緣在一起，我是說一個死了老婆，一個死了老公，清潔溜溜地再結合在一起。注意，我不是詛咒妳老公，也不是詛咒人家的老婆。總而言之，你們兩個現在婚姻都不錯，也都有兩個不錯的孩子，還要求什麼？雖然妳有時嫌妳老公，其實，我也煩我老公，夫妻之間誰又不嫌誰？妳想麥宇文為妳至今不娶？然後頭髮都掉光了，還深情脈脈地望著妳？像泰國死心眼的老小姐？這種人是有，但太少。麥宇文今天假如是這樣，妳會怎樣？馬上回去殺夫？那天我訪問麥宇文，他口口聲聲說他老婆跟他白手起家對他有恩。妳呢，也不錯，生個小病，老公緊張得半死。現在，見個面，彼此祝福，化多年的犯罪感為坦蕩蕩的感情，不是挺好？妳別看我胖，我的心卻很瘦，我想得也滿心細的。這種心路歷程你們這些神經兮兮的人叫什麼？叫昇華！」羅大媽一口氣分析完當年一對窩囊得連手都不敢牽的初戀情人的Happy Ending。

◆

到最後董秋梧和麥宇文到底見了面沒有？

至於這個問題，我想是見了面吧。否則，董秋梧冬天過後，心情不會不發芽。為什麼呢？

女人嘛。

因為——女人最怕夢醒破滅，尤其是像董秋梧這種愛給自己帶點淡淡哀愁的女人。

最近，春暖花開，董秋梧在廚房洗菜的時候，又見菜花，像往常一樣端凝了一陣，卻再也不想插在花瓶裡。只像一般正常的家庭主婦把它給扔了。扔的同時在心中喃喃地說給自己聽：

若是想彼此失望、想彼此夢滅，就去和心中最想見的人，過了三十年後見上一面。

若是想一輩子有個精神寄託，那就獨自懷想，一輩子初戀情人不要見面。

P.S. 附帶一點要說的是，我想這是「職業道德」，我該告訴讀者的是：董秋梧的老公至今都不知道，為什麼老婆看他愈來愈順眼了。

離婚進行曲

尚唯美第一次看見牛大偉律師就留下了深刻的印象。

所謂看見，並不是和牛大律師面談過，而是隔著螢光幕在電視上看見的。

那時，正是尚唯美和沈儉立放春假的時候，兩個窮留學生開了一輛老爺車從德州到加州窮開心。打尖落腳住在表姐勞燕飛家，這是典型的留學生玩法，一路投宿親戚朋友同學家，著實省了一筆宿食費。

住在Pasadena的表姐也是個典型，是典型的「內在美」；帶著兩個孩子在美國讀書，老公程世美負責在臺灣賺錢，是現代牛郎織女，每七夕一相逢，也不見得是七夕，反正離多聚少就是。

至今，尚唯美仍記得很清楚，那天在電視上牛大偉律師的開場白是：

「各位觀眾大家好，我是牛大偉律師，現在又到了我們法律信箱的節目了。俗語說：長亭外，古道邊，芳草碧連天，天涯何處無芳草……，今天，我要和大家談談有關離婚問題，相信大家一定記得在《世界日報》影劇版上看過大陸女明星劉曉慶說的一句話：天下只有結不成的婚，沒有離不成的婚……」

坐在沙發上的尚唯美和沈儉立聽了一楞，隨即覺得好笑。

「表姐啊，怎麼妳們洛杉磯的律師這麼有學問？亂引經據典出口成章的？」

「哈，這叫人文薈萃。」沈儉立笑道。

「喂，你們兩個從德州來的土包子，大概你們還不知道人家這個牛大偉律師在南加州滿有名的，現在發得很，要打官司、要離婚，生意好的要排隊。」

這時，電視開始插播廣告：

「牛大偉律師，崇法敬業，認真負責，專辦移民案件，離婚訴訟，車禍理賠，保障您的權益，不遺餘力，服務僑胞，首次面談免費，牛大偉律師事務所地址是Monterey Park……服務電話……傳真號碼……，請各位僑胞多多利用，不要再做沈默的中國人！」

「表姐，住加州真好吔。」在山窩裡的大學城關了兩年的尚唯美，這幾天在加州有吃有喝，現在連看老中電視廣告也覺得十分興味，很孩子氣地說道。

廣告過後，畫面上又是穿著西裝蹺著二郎腿的牛大偉律師，一副隨時隨地準備好讓攝影人員來個大特寫的模樣。

畫面中突兀刺眼的是牛大偉律師禿了大半的頭顱，強光之下油亮得像個滷蛋，滷蛋上嘛又搭著一兩根海帶絲。

尚唯美想到臺灣夜市的路邊攤。

「嗯，人家說禿頭是聰明絕頂。真是的，當律師賺那麼多錢，也不買頂像樣的假髮戴戴。」唯美派的尚唯美看在眼裡，心裡這麼說。

這就是尚唯美第一次看見牛大偉律師的印象。

至於那天牛大偉律師除了開場白外到底說了些什麼，尚唯美和沈儉立蜷縮在沙發上耳鬢廝磨的根本沒聽進一句話。

此時此刻尚唯美和沈儉立像普天下戀愛中的男女一樣，你眼中只有我，我眼中只有你。兩人四眼發光的覺得今生今世「非君不嫁，非卿不娶」，偉大又神聖的自覺是羅密歐與茱莉葉再世！當然，劇本要改寫，是圓滿又甜蜜的喜劇，是天長地久王子和公主從此過著快樂幸福的日子的那種愛情故事。

真想不通，兩個愛得半死的人，好不容易結了婚，怎麼會要離婚呢？

從小學五年級就看愛情小說的尚唯美，憧憬的婚姻就是戀愛的延續，是燭光、玫瑰和小夜曲的組合。雖然面對牛大偉律師的「危言聳聽」，對尚唯美來說是匪夷所思。

這時尚唯美身邊的沈儉立也一樣，戀愛中的男人也一樣吃錯了藥。

只覺得自己的愛情和自己心儀的對象是與眾不同的。

總而言之一句話——

戀愛中的男女都樂觀！

也許是受到了牛大偉律師「離婚之說」反作用的影響，或許也可以說是在春光明媚大好時光下感染到Spring Fever，再加上這一趟春假之旅玩得快樂至極，在回程的10號公路上，尚唯美和沈儉立都覺得該結婚了，該有個遮風避雨長相廝守的愛的小窩。

好傢伙，心中的愛苗，經過這趟春之旅，現在長成了一棵樹！

樹上開花結果——

就在沿途的休息區，沈儉立打了一罐飲料的同時，難捺心中的激情柔情還是什麼情，忽然靈機一動望著勾在手指上的開罐小圓環，只覺得像枚戒指，於是，拉著尚唯美到一棵大樹下，透過鏡片兩眼目光閃閃的像文藝片中的癡情小生拿著掰掉多餘部分看似像個小戒指的圓環對尚唯美說：「美美，妳先把這個戴上，算是……我們的訂情物，就算我們的訂婚戒指罷！」

尚唯美感動得半死。

一時也忘了自少女時代就編織的美夢場景是要在花前月下被心愛的人戴上一枚即使不是鏤花鑲鑽的，也該是枚鑲個像樣一點的寶石戒指，如今，卻在公路旁被人套上這麼個怪戒指，奇怪的是，心中一點也不為忤，反而覺得甜滋滋的。

這就是戀愛中的女人，不食人間煙火的女人。

戀愛中的尚唯美只覺得這個場景這個道具，就是連擅長導瓊瑤戲的劉立立也導不出來！

樹下的小女子熱淚盈眶，低頭望著這枚「戒指」，再望望「一物二用」給尚唯美戴上戒指後正在喝可樂的沈儉立，尚唯美反覆摸著這枚驢戒指，心想：以後要傳後代！

要讓子子孫孫知道老祖母和老祖父的愛情故事，這代表著一對老人年輕時的「我為卿狂」。

當然，最重要的是——

這將是傳家寶！

愛幻想愛營造氣氛的尚唯美，隨即拿了髮夾在大樹上刻了兩人的英文縮寫，時間、地點，也都刻上。

以後，老了唱〈白髮吟〉的時候來看。

剎那即是永恆——

雖然，刻在大樹上，對我來說是刻在心版上。

尚唯美平日看多了閨秀派的散文，不知不覺心中也來了一句。

在回程的路上，尚唯美是沈醉在幸福裡的小女人，在心中一直醞釀著回去以後要寫一篇至情至美的散文。

以後……結婚後要買大把大把的鮮花……

要娓娓寫出婚前婚後的種種情意……

結集出書的話，書名叫《你儂我儂》……

書中第一頁要寫著：

獻給　儉立

……

就在那年年底，放長假的時候，也是留學生最感寂寞的時候，尚唯美和沈儉立在一群老中同學祝福聲中結了婚。

從此——

文藝片中的男女主角過著幸福快樂的日子！

慢著，是驚嘆號，還是問號？

老實講，誰也不知，你問我，我問誰？

我只知道人的想法和觀念是會改變的。

改變最厲害的就是婚前與婚後。

簡直不像同出於一個人的思想。

◆

轉眼過了三年，當年的夢幻女子現在成了蹺家主婦，形容憔悴的鼻涕一把淚一把的坐在表姐的客廳裡，坐在三年前和沈儉立坐過的 Love Seat 上。

「這回又怎麼啦？又跟沈儉立鬧彆扭？」

「表姐，我受夠了，我要像妳……」說到一半，尚唯美把話嚥了回去。

表姐何等聰明，馬上會意：「怎麼？要像我？像我一樣離——婚？美美，不是我說妳，我雖然自己離婚，但我不勸妳離婚。當然，這年頭離婚不稀奇，離婚又不是我們發明的，可是，離婚和結婚一樣下決定前自己要想清楚，絕不要一時衝動，這種事只有當事人自己最清楚，旁人都無法置喙的。說來每樁婚姻都有幸與不幸，這就像一句話：『如人飲水，冷暖自知』，我和妳表姐夫程世美是因為有第三者，妳表姐夫的女人孩子都生出來了，當時不是不想挽回，可是到後來一見面就吵架，吵又吵不出個結果，最後——才一了百了！事情發生的時候，我也是為孩子想，好歹維持個給人看的家，到最後孩子都反過來勸我！妳知道這姐弟倆怎麼說？他們說中國人都是為孩子不離婚，美國人是為孩子要離婚！姐弟倆竟支持我離婚？！唉，妳跟沈儉立又為了什麼嘛？再說，夫妻那有不吵架？不鬧彆扭的？」

「表姐，妳不知道——，我……受不了沈儉立的小氣！」

「你們兩個也奇怪，當年愛得要死要活，親熱得旁若無人，現在又是彼此看不順眼，當學生的時候沒錢倒感情好，好不容易兩人都做事賺錢了，反倒像仇人？真搞不懂你們！」

「啊——表姐，妳不知道！」

「妳倒說說看，我聽——」

「表姐，妳不要以為我是小孩子，我看過一本書，書上說婚姻問題不是因為人就是因為錢，要不就是因為……表姐，妳知道，就是因為性生活……，老中比較保守不會為這個問題去請教婚姻顧問，我和沈儉立，真的是為觀念不同，常常因為錢吵架！妳知道嗎，他連襯衫不能穿了，還要我把背後車個手帕給他！家裡的 Junk 愈積愈多沒有一樣准我丟，每個週末穿的就是他拿了不知道幾個頭痛藥盒子換來的T恤，前前後後印了 BUFFERIN，我不看還好，一看就頭痛！還有，那小氣鬼下雨天開車，不到最後關頭絕不用雨刷，說是省電！我喜歡花花草草瓶瓶罐罐還有漂亮的信紙信封全被他說成浪費不實際，自從我跟他結了婚，他……摧毀我的固有文化！」

表姐聽了好笑，問著這個孩子氣的表妹：「妳有沒有想想自己呢？有沒有害得沈儉立不自由？有沒有太完美主義的挑剔成性？」

「我——不管！我要跟他離婚！我同學強若男說得對——這年頭誰離了誰過不了？良禽擇木而棲，我要尋找我的第二春！趁著我還沒有三十歲的時候！我當初就是太天真才被他騙，一個破可樂罐子上的小圓圈就傻呼呼的私訂終身，表姐，妳說我傻不傻？結了婚，他從來不記我的生日，也不記我們的結婚紀念日，他的名言是：買把花不如買把菜！碰到這個亂沒情調的傢伙，我實在受夠了！」

「好啦，好啦，小夫妻鬧彆扭，發洩發洩也就算了，在表姐眼裡看來沒有什麼了不起的事，夫妻之間最怕對方有外遇，心不在你身上，沈儉立省吃儉用過日子，又沒有別的女人……」

「他那麼小氣，有外遇要花錢的，妳以為他不想？他說過假如有女人出錢，他會考慮，我巴不得他有外遇，他找到哪個女人哪個女人倒楣！嗚……他沒有外遇，心也不在我身上，心都在錢身上！……表姐，妳知道我以前就滿愛寫文章，我這幾年被搞得心緒不寧，一篇也沒寫，以後我就是寫文章，能寫一本書的話，第一頁我就要寫：若不是遭沈儉立的迫害，這本書早就問世！表姐，妳不要再勸我，剛結婚的時候妳說夫妻來自兩個不同的家庭一起共同生活難免會摩擦，所以第一年最危險最容易破裂因此叫紙婚，現在，三年了，三年是皮婚，對！對我來說是『疲』婚，疲倦的疲！」

瞧，尚唯美只三年工夫由慧思巧意的小女子變成喋喋不休的小老太婆。

這時，電話鈴響——

「美美，是沈儉立！」表姐摀著電話筒。

「不接！」尚唯美正在氣頭上。

「儉立啊，你放心，我會跟美美說……對，對，放心罷，沒事啦……」

「表姐，妳這是幹嘛？人家胳臂都向裡彎，妳往外彎?!」

「好啦，美美！不要再說了，我們看電視——」

……

「各位觀眾大家好，我是牛大偉律師，現在又到了我們法律信箱的節目了。俗語說：勿以小惡而為之，勿以小善而不為……，今天，我要和大家談談有關商店偷竊問題……」

「喂，表姐啊，這個牛大偉律師到底有完沒完？怎麼俗語那麼多？昨天是『天有不測風雲，人有旦夕禍福』的車禍問題，今天又是小惡小善，順手牽羊，不牽白不牽，這個節目怎麼歷久不衰啊，我記得三年前我就看過他……真是的，當律師賺那麼多錢，大概現在頭髮掉得一根也不剩了，又不是花不起錢買個好假髮，也不買個看起來自然一點的，這個假髮活像個小掃把！看人家電視影集CHEERS裡的Ted Danson戴的假髮幾可亂真，若不是影劇版揭露我們還不知道呢……」尚唯美像三年前看見牛大偉律師一樣，嘰嘰咕咕地又在說假髮。

說歸說，轉念之間，尚唯美忽然想到了一件事——

對！天下沒有離不成的婚！

辦離婚，就找這個禿頭牛大偉！

◆

「美美，妳想好啊，妳叫我陪妳跟牛大偉面談可以，但，妳要自己好好問問自己有沒有意氣用事？」

「表姐，強若男說得對，『當斷不斷，反受其亂』。我不後悔！」

「妳不要再在我面前提那個什麼強若男了，妳這個人為什麼沒有自己的中心思想？儘聽人家擺？人家說什麼妳就相信，妳看她風光？現在的老公體貼又怕她？對她的兩個孩子視若己出？告訴妳，女人的婚姻大半是靠自己吹的！」

「表——姐！」

「好，我話說到這。不過，上樓前，我再跟妳說些咱們姐妹倆的體己話，一個離婚的女人日子不是那麼好過的，就拿最普通的社交來說吧，週末人家是一家子的活動，妳沒孩子也許方便自由點，可是……妳的女朋友啦，以前的同學啦跟妳在一起，多多少少有些顧忌，怕妳會勾引她們的老公，就說沒這層顧慮，拖著有兒有女的朋友或是同學，人家老公也會嘀嘀咕咕，還有，只要稍微不對，總會冷言冷語的在妳的背後說，哼，怪不得會離婚！美美啊，這都是表姐挖心挖肺的肺腑之言！最後，我不想講，但還是忍不住地要告訴妳，男人對失婚的女人不打歪念頭的很少，總覺得妳心靈空虛很容易跟人上床，佔點失婚女人的便宜沒關係，說不定還會覺得對妳是久旱逢甘霖！唉，我該講的都講了，妳看著辦吧！還是一句老話：沈儉立並不是那麼壞到非離婚不可的地步。」

「表姐，時間已經訂了，而且又來到了Monterey Park，再說，首次面談免費。」

勞燕飛看了尚唯美一眼，一聲嘆息滑嚥下去。

上樓，上二樓，經過一間旅行社，推門進去。

「是Mary Sun？律師正在等妳。」

「牛律師，你好。」

「請坐！」

「兩個人……都要辦離婚？」

「不，是我。」尚唯美這次真的是面對面看見牛大偉律師，看見了那塊頂在頭上不自然的小掃把。

「表格填填好吧，……先生現在在德州？有沒有小孩？兩人共同財產有些什麼？有沒有貓狗寵物要爭取的？」

「嗯，妳這個 Case，好像沒什麼好爭，事情是這樣的，在加州可以申請單方離婚，只要妳在加州住滿六個月就算是加州居民，我嘛，我是比較擅長打官司爭產財的，妳呢，共同產財因為只結婚三年沒什麼，沒孩子又沒什麼貓狗要爭的，花費不大，再說，還要先住六個月，這樣吧，我先幫妳寫封信，此外請先繳一部份費用，妳信不信教啊？是教友？那麼打八折，不出庭協議離婚目前費用是一千，算妳八百好了，Ms. Cheng 請妳來一下，這是資料，請打封信。」

「好，這是我的名片，現在請到前面付錢！」

「不是……首次面談免費？」

「打一封信五十，面談半個鐘頭後計時收費，今天七十五塊，此外兩百塊是以後申請法院離婚××費的錢，請先繳。」

當斷不斷，反受其亂！

破財消災，為著第二春！

尚唯美手腳發軟，像被人敲了一記悶棍的走下樓來。

好像糊里糊塗的做了一場夢，一場很「值錢」的夢！

好一陣子才清醒過來——

「表姐，妳看怎樣？妳……辦離婚的時候是找誰？」

「兩年前，我是回臺灣辦的，在臺灣辦離婚省事得多！不過，臺灣和美國不一樣，離婚對男人有利，孩子歸男方。我和程世美是協議離婚，他那邊有新兒子、新女兒，巴不得把我們推得一乾二淨！妳問我這個律師怎樣？律師還能怎樣？還不是都是一個樣！跟律師打交道，誰又能佔得了便宜？告訴妳，律師、政客、和賣車的Dealer，尤其是賣舊車的，這行業都很詐，沒一個講實話……」

「不過，Anyway，沈儉立這幾天總會收到律師出面寫的一封信。」

◆

半年過後，尚唯美成了加州居民。

現在，看見電視上的牛大偉律師就害怕，覺得牛大偉就是在電視上開口，也好像有帳單飛來。

前前後後，已付了一千，是各種名堂號稱法院的費用。外加不時冒出的零頭——

「跟妳先生打電話，這是電話帳單，外加談話費，兩次談話費算一百五好了，妳先生是無風三尺浪，講起話來沒完沒了……」

「不是……包在整個 Case 裡面？每次通話都 Charge？」

「是的。現在律師行情是每個鐘頭兩百。」

尚唯美平白被敲，下了班顧不得要等減價時段，立刻撥了電話回德州罵人：「沈儉立！你這個男雞婆！為什麼不簽字？你講話，我要付錢，你知不知道？」

「美美，花錢事小。」沈儉立脫胎換骨，一反常態。接著心情大好地說道：「告訴妳個好消息，公司要把我調到洛杉磯了。」

「為什麼你要來？」

「奇怪囉，妳可以去，我不能來？上次去洛杉磯接妳回來，妳不回來，老婆這麼愛加州不回來，只有……只有老公搬過去，表姐給我打過不少電話，表姐也贊成我搬來……這次，我打算開車去，走10號公路，還要……去那個休息區看看妳刻的字，美美，我這幾天在家把Junk都扔了，牙齒的洞也補了，以後不會動不動就嗞嗞地吸牙齒，讓妳恨得牙癢了，我能改的儘量改，BUFFERIN的T恤也扔了，今天是妳的生日，等一會兒妳就會收到一盆花……」

「儉立……」

「不必多說了，打長途電話要花錢的。」沈儉立又恢復了正常。不過，最後很文藝地加上一句：「愛是不必說抱歉。」

「三八啦！」

咔嚓。

不必看，也不必問，電話的兩頭都是笑臉。

從此——

文藝片改成寫實片，寫實片中的男女主角過著幸福快樂的日子！

慢著，是驚嘆號，還是問號？

這回，我肯定地告訴你，是驚嘆號！

這是——

夫妻吵架的時候，還是會想離婚！

天下沒有離不成的婚，就看你是不是真的要離婚！

至於尚唯美心中也有個永遠的驚嘆號！

現在電視上的牛大偉律師戴的是幾可亂真的假髮，像 CHEERS 裡的 Ted Danson 的假髮，尚唯美每次看了都覺得是她花了一千多給他買的！

老爸回北京

當我在稿紙上寫著「老爸回北京」這幾個字的時候，我對自己說也像是對老爸說：「嘿，老爸，這下子你要當我小說中的男主角囉！」

這時，我好像看見老爸叼著菸斗笑著直搖頭的說道：「閨女啊，可別出賣妳老爸喲！」

我含笑不語，望著稿紙，也望著我要在這上面塑造的文藝片男主角，在這每個格子裡將有一番悲苦情愁，也有一番歡喜讚嘆。

至於我這燈下的執筆人呢，現在既然要力捧老爸讓老爸在我的戲裡擔綱，自己屈居次位當個女配角也是應該的，也是甘心的。

說來這個靈感，還是老媽給我的呢。說來話長，暫且不表。

現在，在我寫這個故事之前，我得先把我的家庭背景介紹一下：

我爸那滌塵，籍貫北平，北京，隨便你怎麼說，反正是講話會捲舌，說起話來音調滿好聽的地方。老爸嘛像典型的北平人一樣，幽默風趣，此外，還多才多藝，最近寫了一本有關北京民俗的書，銷路不錯，領了一筆可觀的版稅，打算好好地揮霍揮霍，要帶我這個自小在臺灣長大的閨女（老爸習慣這麼叫我）回北京尋根。

我媽許春枝，籍貫高雄旗山。對老爸又要回北京，心中嘀咕得很。老媽私下對我說：「妳阿爸和我開放探親那年，就回去過了，妳阿公阿媽都已去世，現在只有妳叔公在，妳爸唯一的親妹妹妳阿姑現在也被孩子接出來住在加拿大，回北京已沒什麼親人好看，妳爸說帶妳去尋根，我看是尋他的夢！」老媽心中好像有瓶陳年老醋，我聽了有點好笑。說到老媽，老媽以前是插花老師，人長得有點像很久以前的日本明星山本富士子，現在老了發胖，老爸說像會走路的富士山，老媽懷恨在心。據說老媽日據時代叫春子，光復後才改名為春枝。我的老媽日語說得比國語流利。

我呢，叫那憶平。瞧這名字你們就知道是怎麼一回事兒了（事還要加個兒，才有那股子味兒），對，猜對了，這是老爸鄉愁的印記。說來北平人北京人的鄉愁是很「恐怖」的，在北京人的眼裡，全天下就只有北京好！記得小時候跟老爸上館子，桌上珍饈美味，老爸淺嚐即止，嘆口氣道：「不對，不是這味兒，店名好意思也叫東來順？簡直差多了，這哪叫涮羊肉？」要不就是這麼說：「什麼糟溜魚片，我看是糟糕魚片！哪有便宜坊做出來的味兒？」

我記得很清楚，老爸常是一臉悵然。至於遊山玩水，遊覽名勝古蹟更別說，見了廟宇建築，也只有一句話：「小廟小寺，比不上咱們北京的氣派！」

就是四十年過後，退休來了美國，陪老爸到美京華盛頓遊覽，老爸依然故我——

「我看美京比不上咱們北京！」

羈鳥戀舊林，池魚思故淵。

我知道老爸思念北京故居，因為那是他的出生地，是他度過年輕歲月的地方。

但，北京對我來說，只不過是個歷史或地理上的地名。

小時候，我甚至怕同學取笑我是「北京猿人」。因此，我不敢把國語說得很標準，為的是怕人「恥笑」。我嗞嗞喳喳的國語，教人聽起來不知是哪裡的方言。我還記得小時候，我嗞嗞喳喳最常唸的兩首兒歌是——

老爸把我摟在懷裡，扳著手指頭說著京片子教我的：

「大姆哥，二姆弟，鐘鼓樓，護國寺，小妞妞，愛聽戲，手心，手背，手腕，胳臂肘，挑水擔，月亮蓋，腦袋瓜，聽聲兒，看亮兒，聞香兒，嘰哩咕嚕喝湯兒。」

老媽不甘示弱，也把我叫到身邊帶著我用臺語唸：

「大棵呆炒韮菜，冷冷阮不愛，熱熱一碗來。」

我被搞得七葷八素。

套用現今的流行術語是：兩岸文化的衝激！

因此，也可以這麼說，我這夾縫中戰後出生的「新生代」，喜歡吃霜淇淋的雙「旗」人，不得不要在喉嚨裡裝個「雙聲帶」。

這且不說，當我陰錯陽差的讀了東語系，常常得跟老媽切磋日語，這時母女相談又變成了三聲帶，這教我覺得這輩子舌頭沒打結就是我最大的造化。

至於另外一個也是要張口的，所謂「吃」的問題——

我兼容並蓄，南北口味，什麼都吃。

跟著老爸我吃炸醬麵、芝麻醬燒餅，外加炒肝水爆肚。

跟著老媽我吃肉燥、油粿、蚵仔煎，外加一碗四神湯。

我奸詐的什麼都吃，什麼都說好吃。

沒辦法，老來女，捧著飯碗，綵衣娛親。

現在你們知道了，在我家，在父母跟前膝下承歡，沒兩把刷子是不行的。

我樂此不疲。或許我是遺傳了老爸樂天達觀的個性，也或許我也遺傳了老媽謹慎小心，刻苦耐勞的天性，我該樂觀的時候樂觀，該小心的時候小心，還有駱駝吃苦耐勞的精神，否則為什麼這麼兩面討好？此外不可忽略的是——

再加上吸取日月之精華。

總之，我覺得老爸老媽有我這個想盡辦法讓他們高興的女兒真好命！

喂，雞婆啊，小說還沒寫，就來了這麼一大堆旁白！

外行！這叫「楔子」。好罷，現在言歸正傳，進入小說主題……

慢著，剛才不是說什麼靈感？文藝片來著？

對呀，話說那天……

◆

當我從學校接了小寶直接到爸媽家的時候，我停車，老爸正發動車，時間銜接的分秒不差，父女好像在接力賽。

我們同時探出頭來——

「爸，你要去哪啊？」

「我去Monterey Park。今天是我和妳佟伯伯、金伯伯他們每個月的『蘭亭雅敘』，飯後清唱，妳知道，妳老爸是個要角，少了我，他們就沒戲唱！今天唱的都是好戲：搜孤救孤、四郎探母和二進宮，大家夥挑著唱，小平啊，告訴妳媽我若晚回來，不要打電話到佟伯伯家，免得人笑話。還有啊……不知怎麼搞得妳媽又不對勁了，錄影帶看著看著就鬧起彆扭，快進屋裡去吧，好好哄哄妳媽……對啦，今個我就順便去旅行社把機票拿回來，也真快，計劃了好半天，轉眼咱們父女就回北京了，閨女啊，行李該開始整理囉！」

我喜歡老爸一下子叫我小平一下子叫我閨女，好像我是沒出嫁的女兒，常讓我「幸福」地忘了自己的年齡，而且，也忘了自己還是人家的媽。

「爸，開車小心點，注意出口，不要弄錯了！」一心想要「返老還童」的老閨女，一下子原形畢露婆婆媽媽。

「安啦，安啦。」老爸伸出手向我擺了擺，車子颼——地一聲揚長而去。

假如不知道開車的是老爸，瞧這速度與帥勁，我會以為裡面是個Teenager。

這就是老爸，老當益壯的老爸，講話用詞都是年輕人的時髦話，跟我沒代溝簡直像朋友。老爸說「代溝」是自己挖的。我希望現在讀幼稚園的小寶長大後跟我也像朋友。

望著老爸的車，我忽然想到周伯通，假如周伯通穿越時空武林退休後來了美國，開起車來大概也是這樣子吧。

「嗎咪——，我好餓！」

帶著微笑的遐想，一下子被無情的叫喚聲給打碎。

「我們去婆婆那，婆婆有好東西給你吃。」

一進屋我就聞到了炒米粉和魷魚焿的香味，我像小時候放學回家一樣，一見到吃的就手腳發軟。

「阿平啊，妳真會趕！等妳等這樣久！趕快趁熱吃，今天我做了很多，等會妳回家帶點回去，給志邦吃，不必做晚飯了。」

我真喜歡回娘家，有吃有喝，又不必做飯。

「媽，我剛才看到爸，爸說叫我告訴妳晚上不要打電話到佟伯伯家。」

「誰要打電話?!管他去死！」

「媽——，妳……生氣啦？」

「有什麼氣好生的？沒有！」老媽的鍋鏟敲得砰砰響。

「婆婆，我不要吃這個！Y-E-E-C-K！我要吃SPAGHETTI！我不要筷子，我要叉子！」

「阿平，妳可不可以把妳的兒子教聰明點，教他知道吃點好東西，真搞怪！吃來吃去就是漢堡和炸薯條，要不就要吃那種番茄醬拌麵！」

「媽咪——」小寶無限委屈地轉頭望著我。

我不敢吭聲，怕老媽沒好氣地轉頭教訓我。說的話我都會背，那是：「太慣孩子，幾輩子沒看過孩子?!」

「好啦，好啦，不要吵，阿嬤煩死了，讓阿嬤想想看……」老媽外厲內荏，「恩」「威」並重。

「阿平，把冰箱裡妳爸的炸醬麵拿出來，我倒點番茄醬，在微波爐熱熱給小寶吃！」老媽窮則變，變則通。

傻兒子稀里呼嚕眉開眼笑地吃起婆婆做的SPAGHETTI。

稀里呼嚕聲中，電視裡也是稀里呼嚕的。

「含煙，含煙，妳在哪裡？……」

男主角鼻涕一把淚一把。

「老母啊，妳現在還看這個電視連續劇？妳在臺灣不是就看過了嗎？有這麼好看啊？百看不厭？」我問老媽。

「吃妳的米粉！吃東西嘴巴還這麼忙?!」老媽斥道。

「媽咪，這個瞎子為什麼要一邊走路一邊摸牆壁講話？」兒子問我。

「吃你的麵！吃東西嘴巴還這麼忙?!」我是老媽的「衣鉢傳人」。現在我熬出來了，身邊有個小寶可以讓我發威風。

『多少的往事已難追憶，……，幾載離散欲訴相思……』

歌聲四起。

「關！關！關！」

從沒有看過老媽這樣生氣，有點反常。

「阿平，給妳講，剛才妳爸在家我故意看這個錄影帶就是讓他知道我心裡可是清楚得像鏡子！告訴妳，妳爸這次回北京就會是這個鬼樣子！」

「媽——」我忍不住大笑，口中的米粉噴撒在桌面。「妳不要這麼『人生如戲』好不好？看電視劇看得和真實生活打成一片，電視劇製作人知道了要給妳發面錦旗！這跟老爸回北京有什麼關係嘛？」

「妳以為我不知道？妳老爸這次回北京是要去找那個心中的蘭什麼的，上回我們去，時間匆忙沒空找，而且，我又在身邊。這次，我怕暈機我不去，妳老爸真高興！阿平，妳是阿母的女兒，妳跟妳老爸回北京，我住到妳家幫妳看小寶，妳一路要好好幫我監視你爸，看看有無做無天良代誌？……啥米所在無去，偏偏這樣愛去北京？最近，鬼鬼祟祟一天到晚往金伯伯、佟伯伯家跑，說是別人有代誌交代伊……」老媽國臺語摻雜地說。

「媽，北京是老爸的老家，莫法度，這是剪不斷的臍帶。金伯伯、佟伯伯他們是老爸的同學，老爸回北京說不定人家要託老爸帶什麼東西回去，加拿大的姑姑不是也叫爸這趟回去幫她看看她婆家的親戚嗎？媽——，不要胡思亂想嘛。」說完，我怕老媽生氣，怪我不和她一國，隨即我又臺灣國語出籠：「好啦，好啦，老媽，從我有記憶開始在我們家〈阿蘭娜〉就是禁歌，不准唱，也不准聽，妳這個警總還不夠厲害？安啦，到北京的時候，我辦事，妳放心。我去尋根，也去幫妳尋仇，好嗎？老媽！」

「神經！」老媽白了我一眼，自己卻忍不住地笑了。

其實，我現在早已不氣老爸了，不氣老爸怎麼除了老媽外，心裡還有個叫「曉蘭」的人。現在我倒覺得老爸挺可憐的，說夢話時偏偏給老媽逮個正著。

說來這個轉變是在我結婚以後。

自從有天晚上我豎著耳朵偷聽到身邊的老公也叫著一個女人的名字時——無巧不巧也是個蘭什麼的，真是不幸，母女同時敗在「蘭」字輩女人的手裡，母女的悲劇——從那天起，我無所不用其極，沒給過老公一天好日子過，見著男人被老婆抓到小辮子的可憐相，我表面兇是兇暗自倒同情起這些睡夢中神智不清「禍從口出」的男人來了，欸，怎麼這麼不小心呢，心中有「鬼」怎麼不戴個口罩睡覺呢？

當了好一陣子ㄑㄧㄚˋ查某後，我心中樂觀善良的天性教我支持不下去「猙獰」的面目，我愈發同情倒楣的男人，自然也包括我的老爸。

我能這樣瀟灑的自我超越昇華，也是有番心路歷程的。

起初，我傷心欲絕。曾署名為「倒楣的女人」向婦女專欄作家求助。後來，我發現別人救不了我，說些似是而非模稜兩可的話根本沒用，最後，我放棄了那些怪話，我要拔去心中的毒刺，唯有大徹大悟地敞開心胸自己救自己——

誰沒有過往呢？除非一落地早已指腹為婚。

誰沒有想入非非的「夢中情人」呢？

我這家庭主婦，坦白說也有「夢中情人」，我的夢中情人是老牌明星葛雷葛來畢克。大概中英文都不好唸，才沒在夢中叫出來吧。

算了，放禍從口出的老公「一馬」！

只要，此「馬」不出現，影響不了真實的生活。就當它是良性「腫瘤」好了。

萬一，不幸「含煙」出現了，假裝請她喝咖啡，然後把她毒死。「含冤」而死。「最毒婦人心」。

……

「阿平，妳張著嘴，筷子上的米粉夾在半空中，妳在想啥米？年紀這麼大了，還像小孩一樣愛發呆？」老媽觀察入微。

「沒有啦，」我趕緊吃，「我在想……跟老爸回北京的時候，怎麼當妳的００７？……」

◆

一陣折騰，安撫了老的，又安撫了小的，又帶著老媽那對「妳給我好好監視妳爸」的眼神，終於我和老爸坐上了飛機。

我任重道遠。我隨身背的旅行袋裡放著記事本（學神探哥倫布）、傻瓜照相機和傻瓜錄影機還有一本《百年相思》及兩條毛巾手帕，我想，到了北京總有幾頓哭，老爸一條我一條。

當飛機自跑道上拉騰而起，愈飛愈高的時候，我開始有些興奮；俯瞰烏煙瘴氣的洛杉磯，若這就是紅塵，現在我在塵外，我已非紅塵裡終日打滾在柴米油鹽中的主婦。這時，窗外的機翼幻化成我幻想的翅膀，我是格格，老爸是王爺，福晉在洛杉磯看孩子……。

「爸，告訴我，假如現在還是清朝你會不會是王爺？」在飛機上我忽然時空不分地問道。

「德性！王什麼爺，不管什麼旗，都向歷史豎了白旗！」

好夢最易醒。

「小平啊，妳知道老爸現在在想什麼？」

「我只知道我黃粱夢醒。當不了頭上頂著牡丹花的格格。」

「唉，我啊，回家的路上感觸多。這大半輩子，在臺灣被人叫做外省人，當了四十年的外省人回老家又被叫成臺胞、呆胞，如今退休從美國回去又成了華僑，在美國又是外國人，像妳老爸這一代的人，沒瘋就算好的！」

我拍了拍老爸的肩膀，不知該說什麼好。

我低頭看書。

「經過四個晝夜的旅程，攀越四十載時空阻絕，去歲夏天，我回到北國故鄉。」

我看著書中文字，只要時間旅程換一換，我輕輕嘆喟一聲：這也框得上我。

原來，這一代與上一代的遭遇，離亂的中國人竟是彼此如此相似。

剛才好玩的心情全沒了。

一時思緒翻湧，在返鄉的路上。

似睡非睡之間，機窗外天灰濛濛地亮了——

機長廣播，接著是一陣拍手聲，還有夾在其中掩不住的興奮聲：「北京就快到了！」

我喜歡這份真情流露，一句話，感動。

一如當年回臺北，一過日本，竟有人忍不住地拍手。拍得我熱淚盈眶。

這時，老爸也醒了。或許……根本也沒睡，只是閉上眼讓前塵往事一幕幕的回轉吧。我這麼想。

機艙裡的興奮是會感染的，老爸變得高興起來：「閨女啊，未來的兩禮拜讓老爸好好地帶妳逛逛，上回帶妳媽媽回來，妳媽腿不行不能走長路，只重點的帶她看了看，這回咱們兩個『少壯派』換上球鞋，老爸帶妳走五十多年前老爸走過的每一條路，上學的路，志成男校在西城二龍坑，看電影的路，當年專演首輪外國片的平安電影院在東長安街……演京戲的長安戲院在西長安街，妳爸是個戲簍子，從小就上癮。……閨女啊，妳從小聽到大咱們老家的四合院還在，還有老爸帶妳去北海，去老爸當年溜刀子冰的地方，還有哇，帶妳去吃宮內的細點心……」

老爸說話的神情，簡直像個小孩。

對嘛，這才像我所熟悉的老爸。讓我們（沒辦法，土生土長的臺灣人，說不慣咱們）父女的傷感都留在飛機上吧！

現在——

北京假期開始！

說到假期，當然得說旅館，下塌的旅館夠「水平」。

老實說，這些年來，看多了嫌東嫌西，百般挑剔，自己嬌自己的返鄉文章有些反感，十足的暴發戶心態。在臺灣的人，或是日後到了美國的人，早年在臺灣同樣地也都過過物質缺乏的苦日子。

我告訴自己，千萬不要這麼咋呼，讓人討厭。

就在我心裡給自己精神訓話的時候，老爸難掩興奮之情地對我說：「要不要這會兒就出去蹓蹓？這裡是東長安街，東邊是熱鬧的王府井大街，西面就是天安門廣場和故宮，這個飯店啊，當年我在北京的時候就有了，那時候過路這，誰想到，老的時候會飄洋過海帶著女兒回來住在這，住在這……當『觀光客』！」

我看了看《北京旅遊手冊》上的介紹，可不是麼，××飯店歷史悠久，最早建於一九一五年……

我望著老爸，望著當年還在讀中學的老爸，現在五十多年過去，滿頭白髮的帶著女兒回來，回來看看歲月遞變的滄桑……

老爸是怎樣的心情啊。

正在這麼想，身邊的老爸早已從「少小離家老大回」的情緒中拉拔出來，老爸對我說：「先洗把臉，再喘口氣，不出去的話，就瞇一會兒。今個晚上要在叔公那吃團圓飯，老規矩上馬餃子下馬麵。本來妳叔公要叫家裡的孩子來接咱們，我說大家都忙，免了罷，咱們父女會『回家』。還有啊，妳姑姑婆家的親戚也會來，為了這頓團圓飯，叔公在信上說了好幾遍，全北京就只剩下這麼些親人了，能湊在一起也不容易。」

中國人畢竟是中國人。

不管時空的阻隔，一頓慎重其事的「團圓飯」在圍桌而坐的一刻，象徵的就是「苦盡甘來」！

這會兒都比以前好多啦——

我默默的唸著在飛機上鄰座的開口閉口的一句口頭禪。

不知怎麼的，只覺得眼睛很痠。

◆

吃過了團圓飯，第二天去西郊看爺爺奶奶，在爺爺奶奶的墳上磕頭。

「爹……娘……，滌塵這回帶孫女小平回來啦……」

聽了很難過，不掉淚都不行。

老爸的情緒好久平復不過來。

擦了擦眼角的淚，老爸嘆了口氣：「難過難免。想想傷心難過的並不只有咱們，全中國人哪，當年多少父母子女生離即死別！現在能說回來就回來，幾年前連想都不敢想，只覺得是癡人說夢！還記得那年在臺北咱們一起去看《老莫的第二個春天》嘛，戲裡的老兵指天指地要回山東老家，連盤纏都在一個子兒一個子兒的偷偷存，我看了光好笑，覺得這個劇本編得太八股太肉麻，沒想到，沒過了幾年，『白日夢』真的不是夢啦！這輩子能再回來，能帶著妳媽和妳回北京，告訴妳，妳老爸心願幾乎都了啦！我常對自己說別傷心，該高興才對，可是……有時就會情不自禁……還是想點開心的罷，爺爺奶奶地下有知這會兒一定也挺高興的，不是嚒？走！別儘傷感，老爸帶妳回家去！回西城白塔寺附近的老家去！閨女啊，妳知道不，北京城有白塔兩座，一座在北海公園瓊島上，一座就是在咱們老家附近，……」

「看見了嚒，就是那，大門依舊……」走在胡同口，老爸遠遠地指著。

「門口的那對石獅子，老爸小的時候和妳姑姑常騎在上面玩。」

我望著青石表面泛著亮光的石獅子，我把它拍了下來，好像「停格」住老爸一生中唯一沒有顛沛流離的歲月。

「進去看看唄，回來一趟不容易。」

跟著老爸步入大門，心情跟站在門口時完全不一樣，沒想到裡面竟是個——大雜院！是八、九戶人家的「家」！

若不是事前打了聲招呼，還不太好就這麼「闖」進來。

隨著老爸走了一圈，是典型的四合院，分前、後院，正院及左右跨院，一色平房，院子裡鋪著青磚。

「妳媽上回也『回家』過，妳媽電視劇看多了，說要是以前的話，只住一家人的話，可以在這裡拍《庭院深深》！瞧，現在給搞的，我看現在拍『戲院嘈嘈』差不多！」

老爸說得不錯，我站在庭院嘈嘈裡，很難相信這……就是我的「老家」，是老爸懷念了大半輩子的老家？

「閨女啊，返鄉斷腸對吧？我看，自從開放探親以來，像妳老爸這一代的人，腸子還是完整一根的很少囉！別看妳老爸說這話像笑話，真的是。唉……，瞧，瞧妳老爸又來了……，走！咱們走！假設妳是土生土長的北京人，現在穿過時光隧道，回到妳老爸當學生的年月，現在——咱們去上學去！」

出了「家門」，走在大街上，老爸來勁了。

「最早啊，志成男女校都在同一條胡同『二龍坑』男女校對門，勝利後女校才搬到西四大街豐盛胡同……我跟妳姑姑每天上學都走這條路，那時候可是你們如今的流行話『俊男美女』，而不是如今的老朽模樣！現在，北京城儘管有許多地名都改了，連說話的文法和方式都和往日不太一樣，可是，只要一走在這，改不了的是我的記憶，許多街道閉著眼都會走，連門牌號碼都還記得清楚，沒辦法，這是一輩子跟著的。這條西四大街一直往前走，白廟胡同一號是玉壺春飯店，二號是華光女中，華光女中她們的校長到現在我還記得是魯欣誠，門房老杜長得有點像以前的中視演員左右，教務主任是班孝均……雖然隔了五十多年，猶如昨日……這條路教人忘也忘不了……我還記得華光女中的學生平日不准出門，每逢星期三下午放學後可以會客，會客全得是家人，外人不可，管得挺嚴。最後，逼得男校的學生都冒充是女學生的哥哥……那時候的女學生都紮著如今你們在電視劇上看的長辮子，靈氣得很，夏天淺藍布長袖右大襟的小褂子，穿著黑裙白長統襪黑布鞋，冬天是深藍色棉袍，男學生一年四季穿的是黑中山裝……如今只要看到電視劇裡這個畫面，就會教妳老爸回想當年……」這時老爸的眼光從遠處收回，忽然看了看我：「妳們啊，妳們現在時興的髮型，刮得薄薄的這種短頭髮，當年只有得過傷寒病的才這樣。」

「爸——」傷寒頭大叫：「人家是為了這趟『尋根之旅』，特意花了銀子叫髮型設計師幫我設計的！」

我極不甘心，想要還擊。要知道我電視劇也看多了，什麼劇情沒看過，我立即敏感的反應道：「爸——，告訴我，當年華光女中是不是有個你的『妹妹』叫曉蘭？」

老爸的表情像觸電，隨即掩掩遮遮地說道：「瞎猜，沒……沒這回事！」

一定有這回事！

我鬼得很。

◆

接下來的幾天，重頭戲全是觀光。

背著錄影機，馬不停蹄。

該看的看了，該吃的吃了。

明明知道是真實的，可是如幻似真。

我只覺得像做夢一樣，像走進一本大大的歷史課本裡，又像走在以前在地理課本上我曾經畫過的紅線上。

在紫禁城，我彷如走進看了很難過的那部電影《末代皇帝》的場景裡。

我幻想紫禁城兩側一龜一鶴的銅香爐在天未亮前被小太監點爐時，在晨霧中兩縷清煙繚繞的光景，感覺上好像可以聞到煙的味道，同時又彷彿聽見上朝的文武百官肅穆的拾級而上，寬袍大袖窸窸窣窣的聲響。

在回音壁前，當地陪這麼說：「回音壁是皇穹宇外的圍牆，弧度十分規則，兩人分站東西兩邊靠牆向北說話，聲浪就會經過折射前進，傳到牆的另一端，聲音十分清晰。」

我聽了覺得十分有趣。

可是當老爸這麼對我說：「在我們那時候的人都很保守含蓄，喜歡一個人可能一輩子都沒說過個愛字，不像現在的人，動輒掛在嘴邊。那時候，年輕人多半在這裡悄悄的對著站在另一頭的人鼓足勇氣說些話，雖然不是面對面，用不著緊張，說的話仍然含蓄，不敢表白什麼。」

這時，我聽了覺得好典雅，好美。

它是「活」的，跳動的脈搏是情竇初開少男少女的情意。

完了，我開始「入戲」。

我慢慢發現這齣戲裡有溫馨的往事，也有慷慨激昂熱血僨張的一刻。

那天在太和殿。

「太和殿我們年輕時叫太廟。太廟圖書館是偏殿改的，每逢考試西單（西長安街的簡稱）附近的學生都會成群結隊的來此溫書，不用功的也會混水摸魚來約會。」

我不禁莞爾。我想起昔日臺北南海路上的中央圖書館，想起那年考試季節的往事，怎麼當學生的都一個樣？

「還有，就在這，」老爸站在太和殿廣場前，神情激昂地說道：「勝利後，蔣委員長就在這召集全北京的青年學生講話，當時妳老爸就站在隊伍裡！『中國的希望，在青年身上！』聽得是熱血沸騰！」

老爸神情昂然，彷彿那一刻仍在。

我發現我開始對北京有「感覺」了。

不，該說是有感情了，純粹的。啊，除去政治因素，除去討厭的什麼鬼統戰名詞，這……是中國人的悲哀！

現在在這，就因為這裡有老爸的年輕歲月，在老爸緬懷往事的同時，過往的一切又都鮮活起來，我甚至能感受到老爸的心境及年輕時的意氣風發。

我開始偷偷描繪在這個古城裡屬於老爸年輕時的故事輪廓，那是假日跟同學溜溜冰，到平安電影院看場外國電影，就算是大大享受人生的純樸年代。

一連串的地名串連在一起就是故事中的場景，先從西城起：西直門大街、西四大街、阜成門大街、白廟胡同，還有那時候西長安街的六部口、新平路……

接著是男女主角拍外景的：天壇、北海、景山、什剎海、中山公園和頤和園、以及和平門外的廠甸……

我開始編劇。

◆

轉眼「北京假期」，已近尾聲。

只見身邊思古幽情的男主角，卻不見戲裡的女主角，我儘管有個劇本在心，可是，沒見著真人，我開始心慌，感覺上好像白來一場。

我時而正經，時而不正經，有時喜歡來點「三八」的個性上來是很恐怖的，我見老爸靜坐房間臨窗的一角像是在想心事，而我卻是臆想翩連的在編連續劇，我受不了「啞謎」的煎熬，我噗通一聲跪在老爸的椅子前，像《包青天》劇中的民女申冤一樣，搖著老爸的手，激動地說道：「老爸啊，拜託帶我去見見『她』吧！我這幾天仔細地回想你說過的每一句話，你說心願幾乎全了了，『幾乎』那就代表還有一樁，對吧？我很好奇，也很想知道這個故事，我受不了像電視劇裡的劇情沒進展的拖拉，我快瘋了，望大人成全！」

老爸大笑，連忙扶我起來：「起來，起來，這是哪門子的苦肉計？哈，說來咱們父女是心有靈犀，我正在想怎麼擺脫妳這個『特務』呢，好明個拿著金伯伯他們上次回北京費了好大的勁才打聽出來的地址，在臨走前去……住的地方，看看……再……，唉，別說了！」

「爸！你以為我是卑鄙小人嚒？會回去打小報告？」

幾天下來思古幽情的衝激下，使我身負重任的００７迷亂得連自己也不知道究竟到底是哪邊的間諜。

「好！既然妳這麼說，明個咱們爺兒倆一起去。其實，也沒什麼，別像妳媽想的，妳媽就愛用臺語說我是老不修，我聽了直好笑！她哪知道實情？偏偏固執的又不肯聽我解釋，妳千萬別以為妳老爸對妳媽不忠，我這輩子只有一個老婆，老婆叫許春枝。至於以前的事嘛……林曉蘭和妳姑姑熟，還有我跟她哥哥又是同學，就這麼的十幾歲的孩子就玩在一塊。現在……像妳老爸這個年紀，就是有男女之情也早就已變成像手足、親人的感情了，妳懂吧？再說，自從打聽出她的消息後，我心中只有一個字，那就是怎麼這麼『慘』？說來可憐，唉，妳姑姑在北京的時候打聽了好久都沒有她的消息，直到最近……才輾轉知道原來人在陝北待了好些年，現在，好不容易才回了北京。林曉蘭……妳該叫姑姑，這幾天其實妳早就看過了，而且，看過好幾次……」

「啊——？什麼時候？在哪裡？我怎麼不知道？」我大叫。

「還記得不？老爸帶妳逛的時候，繞來繞去，繞到一個搧著大蒲扇賣大碗茶的老太太面前……」

「啊——」我又大叫一聲。

震驚的簡直不敢相信。

我全想起來了，想起用盛飯的碗，一碗碗擺在小凳架起的木板上，守著旁邊搧扇子的老婦，老婦身邊還有個煮水的大茶壺，裡面燒好的茶水，隨時加添補充空了著的碗。跟著在一起的還有個半大小子和個梳小辮的小女孩。

「大碗茶——，大碗茶——」聲聲喊著，沙啞的聲音，在熙來攘往的大街上，聽來格外淒涼。

「爸……」我不知該說什麼好。

「可憐不？我看了，眼淚直打轉，金伯伯告訴我，說人在文革期間被抄家，什麼樣的罪都受了，現在雖然平反，可是神智已被折磨得不清了……前些時間聽金伯伯從北京回來這麼告訴我，我難過得好幾個晚上睡不著，怎麼這麼慘啊，現在，好不容易找著了，說什麼我也要回來一趟看看，不為什麼就只想……回來看看，還記得攤子旁邊的那兩個孩子嚒？金伯伯說現在只剩下孫子跟她在一起，大孫子一時找不到事，是個待業青年……唉，看了真教人難過，很難相信在大街上擺攤靠一毛兩毛營生的老太太是以前女中多才多藝的校花吧？唉，人生的很多事，也就是所謂的命運常常都決定於一念之間，假如……那時候……傅作義守城到棄守投降，一片混亂的時候下定決心走，那麼，現在……唉，當時，有多少人就是因為不想離開北京老家……像妳爺爺奶奶和妳姑姑他們也都是因為捨不得離開北京，結果呢，換來的是場浩劫！所幸的，妳姑姑還有點命享老福，妳這賣大碗茶的姑姑，就沒這好命……閨女啊，老爸的心願跟妳直說了罷，這趟回來我就是帶著我發了那筆的小財，要全留給妳叔公和妳這位姑姑，不管怎麼說，我過得都比他們好，對吧？好，明個晚上咱們就去妳姑姑家，白天不行，人家得做生意，去了姑姑家去叔公那，臨走前，還要向爺爺奶奶辭個行。」老爸說完，對我笑了笑。

我看在眼裡，酸在心裡。我寧願老爸不要笑，因為……我見了難受。

◆

這個故事有楔子，當然也有尾聲。

尾聲是在飛機上。

當我綁上安全帶，聽到「咔嗒」一聲時，我對自己說這個聲音好像是句點。

嗯，不對，句點下還有點點點，心情不是說轉換就轉換，說完結就完結的。

我和老爸千迴百轉。

「爸，你在想什麼？」

「妳呢？」

「我……我在想姑姑的那個小孫女。」

「巧。我也正在想她，想這孩子說的話教人心酸……」

這時，身邊響起了稚嫩的京片子兒——

「那爺爺，我替我奶奶謝謝您！」

一向喜歡聽小小孩說京片子兒，伶俐的像隻學話的小八哥，可是，在那一刻，聲聲入耳，陣陣心酸。

「可別這麼說，那爺爺聽了心裡難過……」

很少看老爸大顆大顆的眼淚直掉。

………

飛機往美國飛的路上，也不知是不是該說往「回家」的路上，父女一路無言。

一路黑天，像心情。

經過夏威夷，天亮了。

眼看不久，就要到美國的「家」了。

我輕輕用胳臂肘碰碰老爸：「爸，你說我們這趟回北京，值不值？」

「值回票價。」老爸篤定得很。

「什麼票啊？機票？還是鈔票？」我開始逗老爸。

「都值。」

「老爸呀，啊——」我大叫，也不知是不是因為飛機快降落，還是我的性子又來了，我變得莫名其妙的興奮，我的叫聲尖銳得像金屬的刮蹭聲，機上睡得糊里糊塗的乘客全給嚇醒了，大半數的人以為是劫機！

「小平啊，妳……幹什麼？抽瘋？」

「不，老爸，不是發神經，」我把頭縮低低的，「老爸啊，這趟回北京，我得了個啟示：我忽然想到回去後，我該列個名單，把以前對我有點意思的男同學都聯絡上，以後，我老了，他們發了，叫他們來看我，順便送點錢給我！」

「德性！」老爸啐我。

父女相視大笑，這時，我看見老爸笑眼內閃著淚光。

……

對了，還有個小尾聲，不能不寫——

那就是老媽，老媽會怎麼說？

老媽是個好人，知道真相後，一定會這麼說：

「真歹命，真可憐，老吔，你安怎未卡早給我講？」

果然是。老媽真的是一邊擦眼淚一邊這麼說。

就像我在飛機上想的一樣。

先有後婚

小吳最近煩得很，因為馬子「中獎」了。這也不能全怪我，小吳這麼想。這年頭愛情長跑，只有白痴才會只是牽牽手、親親嘴，儘管把責任全推到「你情我願」雙方面上，可是，一旦被馬子破口大罵「始亂終棄」，小吳就有犯罪感。

說來小吳還是有良心的，有良心就等於對馬子甄曉韻有感情。本來嘛，兩人從大學就開始吵，吵了十來年，也愛了十來年，如今，分手N次分不開，「孽緣」依舊，不是偉大的愛情是什麼？

怪只怪「百密一疏」。小吳的肚子裡成語有限，這時忽然想到另一句，這叫「夜路走多了，總會碰到鬼」。什麼跟什麼嘛，小吳自己都忍不住地自己啐自己。唉，怪只怪自己才疏學淺，當年國文課上沒用心。

別說女人愛胡思亂想、千迴百轉，其實男人也一樣。坐在辦公室的小吳，吳修為，一個早上就這麼心不在焉，乾坤大移挪。忽然——

小吳又邪門兒地笑了起來，到現在才知道為什麼當年村子裡的癩痢頭被他老媽叫「小漏」！哈，哈，誰說咱們中國人沒有幽默感？

假如你仔細觀察的話，在臺發企業呷頭路的小吳，今天的表情真教人覺得他是吃錯了藥。

想了一陣，小吳又拿起電腦前的黃鉛筆開始胡亂塗寫。看，連鉛筆都是黃色的，小吳拿起鉛筆的同時，自己講給自己聽。所謂胡亂塗寫，你們這些局外人就有所不知了，這對小吳來說正是「企劃方案」：

一、拿掉：不拿掉，拿什麼結婚？

二、私奔：臺灣這麼小，奔到哪裡去？（劃掉！都什麼年代了還私奔？）

三、道義：曉韻神經質，上了手術臺，不知會不會暴斃？

四、自責：殘殺生靈，畢竟是自己的骨肉。

五、……

瞎寫了半天，小吳發現還有嚴重的「後遺症」，說來「後遺症」都是被在電視臺幹導播的曉韻給害的；小吳深惡痛絕的就是肥皂連續劇，偏偏每齣粗俗不堪、滿檔叫座的連續劇都是自己馬子導播的，這下子可好，天天強迫中獎看電視。別看甄曉韻目前只是當個小導播，人都是有夢想的，甄曉韻不止一次對自己說，目前對我來說是「沈潛」。在甄曉韻的內心深處希望有朝一日自己當導演，這也不枉以前在學校被人稱為「才女」的一世英名。

到底後遺症是什麼呢？雖然甄曉韻不說，小吳一向自認狡黠再加上男人的直覺，小吳深知，萬一……跟曉韻「情海生變」，曉韻的老闆，平日曉韻嘴裡的「王大哥」會張開避風港似的臂膀，無條件地讓曉韻撲向他的懷裡。

這下子……豈不又是一齣連續劇？那我……幾年後又再度出現，當個為情折磨、長滿鬍子不刮的潦倒情聖？

不行！我愛曉韻！從第一眼看到她，我就覺得她生是吳家的人，死是吳家的鬼！我就是愛她！無條件的……，至於優點，一時還真說不出來，愛……她的缺點好了！總之，別的馬子跟我不來電，我就是愛她！現在曉韻懷的是我的孩子！我要跟她結婚！我不要孩子日後糾纏在兩個爸爸之間！我要結婚！那怕以後天天吵架也要結！

別看小吳平時嘻嘻哈哈、晃頭晃腦，其實是個典型O型人物，一旦決定的事，寧死不回頭。

上班的小吳忽然吹起了口哨，座旁坐四望五的老小姐頻頻側目、顰眉蹙額，小吳樂得一點也不察覺，此時此刻的小吳，輕鬆得無以倫比，慶幸自己剛才是庸人自擾，現在，終於撥雲見日，在一堆亂麻中理出了頭緒！

隱隱約約好像還聽見有人叫他「爸（ㄅㄚˊ）爸（ㄅㄚˊ）！」

雖然沒有大廳堂，冬天溫暖夏天涼。

當無殼蝸牛就當無殼蝸牛罷。

小吳又神經兮兮地吹起了〈待嫁女兒心〉。

老小姐在想：怎麼碰到這個神經病！

◆

「曉韻……妳聽我說……」

小吳在燭光下和玫瑰花旁正要開口。

「你不要叫我！不要叫我曉韻！」自從確定自己中獎後，人前神氣的甄曉韻，只要誰叫自己的名字，尤其是「韻」字，馬上警戒地像刺蝟。

「讓……我們結婚吧！」小吳握著餐桌上甄曉韻的手，自認溫柔已到了極限。

「為什麼？」不冰涼的小手立刻抽回，像劍抽出劍鞘。誰知幾個鐘頭前還破口大罵他「始亂終棄」的人，現在根本不領情。

「不必！我有足夠的經濟能力可以養活我和我的孩子，孩子沒有爸爸，我認為我們一樣可以過得很快樂！」剛看過影劇版，報導某知名女星宣佈未婚懷孕的消息，當記者訪問該女星時，現代豪放媽作了以上的豪語。甄曉韻不知不覺一字不漏地說了一遍。

女人心，海底針。

「……」小吳沒轍，只有找桌子的玫瑰花出氣，一片一片的拔。

「那……妳把我置於何位？」小吳忽然覺得自己很窩囊，好像懷孕的是他，自己是名叫翠花的丫環，正在哀求豪門少爺認他腹中的骨肉。

「借種！」

一腔的「熱」、「情」、與「愛」立刻澆熄。

什麼春蘭秋桂常飄香，我碰到的是株刺手的毒玫瑰，不，是Poison Ivy！

◆

妳這篇小說寫不下去了吧？

不是明擺著，男女主角雙雙跌停板，變得沒戲唱了嚒？

不，各位看倌，有所不知，男女一旦論及婚嫁，摩擦、齟齬總是加倍，婚禮前夕常會出現意想不到的狀況，鬧不想鬧的彆扭。

老一輩的人說是「好事多磨」，像咱們這一代的人就叫做這是「愛語呢喃」吧！

好了，吵了半天，鬧了半天，兩個前世的冤家又言歸於好。甄曉韻不說「沒有爸爸照樣可以過」，吳修為也不再暗自啐道「妳是一棵Poison Ivy」。這兩個平常以「雅痞」自居，在雙方父母眼中看來是「怪胎」——既不出國，也不結婚，在兄姐中是「黑羊」的么兒么女，誰也不讓誰、短兵相接N個回合後，終於快要結婚了！

所謂「快」就是仍在籌備中，當然，籌備過程中少不了還是會吵架。吵架要花時間，也就是浪費時間，可是曉韻的肚子卻在利用時間。儘管甄曉韻一向崇尚浪漫，穿著打扮都是波西米亞情調，現在就是再寬鬆的衣飾已略見「內容」。影劇圈一向開放，眾家男女根本見怪不怪，說來這年頭何「怪」之有，簡直稀鬆平常。不少剛出道的男女小明星，紛紛拍馬屁地搶著要當甄姐孩子的乾爸媽。總之，穿出「孕」味的甄曉韻，吃得下，睡得著，加上小吳又俯首稱臣，心中常常幻想自己可以拍「嬰兒美」的廣告。

一片喜氣聲中，也只有王大哥心中酸酸的。心中明明知道不該，但仍忍不住地很小人的想：或許……有天曉韻會離婚？王大哥驚訝自己是不是老光棍當久了，心身變得如此不健全？抑或連續劇製作久了，戲裡、戲外分不開？

這場即將舉行的婚禮，除了王大哥不是味兒外，還有四個老人雖然嘴裡不說，心裡總是疙疙瘩瘩。

首先兩個老女人就暗中較勁。雖然這兩個老派的賢妻良母，從年輕開始就生活在伺候公婆、丈夫為天的傳統下，如今，多年的媳婦熬成婆，總覺得大權仍然旁落。由於心中所想，與時勢無法配合，套用現代用語所謂「心理不平衡」，儘管人前說得「媳賢子孝」，可是人後還是忍不住地要嘀咕。

此番因為立場不同，甄老媽擔心的是：傻女婿好相處，就不知任性的閨女能不能鬥過能幹的婆婆？

至於吳老媽心裡所嘀咕的，甄老媽在兒子娶媳婦的時候，也都嘀咕過——

「什麼多年的媳婦熬成婆？當媳婦的時候，婆婆威風，當婆婆的時候，媳婦威風。這年頭的媳婦怎麼都是一個樣，都是女強人架勢！」

此外還有個小女人也嘀咕，甄曉韻一直很詫異，怎麼保守又老派的老媽知道自己懷孕，沒有言詞激動得頭撞牆？在甄曉韻的記憶中，當年奶奶在世的時候，只要有誰忤逆她，奶奶經常呼天搶地、頭撞牆的。

現在再說說兩個一家之主，男人好辦，反應比較直接——

甄老爸自始至終就不喜歡女兒跟這個「草包」在一起。雖然甄老爸一向標榜民主家庭，內心卻是「假民主，真專制」。話說自認聰明的楞頭青，在剛認識甄曉韻的時候，有天不知哪根筋不對，寫了封情書給馬子，偏偏粗心大意地把「酒泉街」寫成了「九泉街」！

最後，問題出在吳家老頭身上……

不，該說是小吳最不敢面對的事——須知吳家老頭一輩子忠黨愛國，在小吳剛上國中的時候，就意識到這輩子跟家裡的老頭不對盤。那已是民國六十多年的事了，不知誰在英雄館結婚，老頭證婚的時候，說到最後竟然說道：「……希望明年今日，我們大家一起在南京——吃紅蛋！」

媽呀，小吳，當年的傻小子，就在那時候自己給自己發下了重誓，以後……自己要結婚，絕不讓老頭上臺！簡直遜斃了！

可是——

現在問題來了，好不容易盼到小兒子要結婚，吳家老頭總不能不上去講幾句話吧？

當吳家老頭自認很民主——當父母的永遠不察覺，自己最愛標榜自己很民主——地問么兒子：「我們這一代當父母的，不讓你們養、不求你們回報，我們很開明，跟得上時代的腳步。結了婚，你們要搬出去住，就搬出去住。告訴你，成功的父母是和子女是朋友。我問你，除了去甄家提親、送聘禮、我們男方準備酒席外，你還需要我做什麼？」

這下可說中了小吳心中二十年來的「心事」，小吳看了看目光炯炯的老頭，人也不知從哪裡借來的膽子，理直氣壯地說道：「爸，到時候可不可以拜託你一件事，拜託你不要在臺上說『明年今日，大家在南——京——吃紅蛋！』，我是說……」小吳一下子又像小時候一樣被老頭的銅鑼眼給震懾住了。「我……我是說，曉韻身體一向不好，很可能會早——產——！……」

啤酒屋裡的男人

自從送走了老婆孩子，田少華心中一直空空蕩蕩的；一下子好像生活全走了樣，一點也沒有預期中再度單身的「鴻圖大展」，相反的，反倒有種說不出的失落感。說是「失落感」也不太對，這該是屬於「為賦新詞強說愁」那種年齡的用語。那麼，該怎麼說？寂寞的「內」在美？還是寂寞的老男人？恆久以來一個大男人的寂寞，不公平的一直被認為該是放在心裡的，說出來不就成了眾矢之的的男三八？

媽的，平常從星期一盼到星期六，難熬的像是過了一世紀，現在卻是一轉眼又到了星期六下午，走在臺北街頭，莫名其妙的竟想要感謝平時恨得咬牙切齒的紅燈與塞車?!

唉，這叫「寂寞無行路」！可不是嗎，臺北現在到處都是「無行路」，繁華熱鬧的背後不也到處是寂寞？

忠孝東路到了，望著麥當勞進進出出的一家大小，幾個禮拜前自己還是其中的一份子，現在在洛杉磯的老婆孩子，看到那裡的麥當勞，會不會像我現在一樣，會想起一家四口在麥當勞同進同出的日子？

慕美剛到美國的時候，在電話裡說先暫住她大姐家的地下室，雖說是地下室，可是一應俱全，獨「門」獨「戶」各過各的，彼此不受干擾；是老美所謂的「岳母房」，不管是岳母房或是婆婆房，親戚朋友凡事擺明最好。

慕美還說讓愛玩電視遊樂器的胖兒子，自動降一級，理由是──「反正沒有升學壓力，以後又不服兵役，耽誤一年沒關係，降一級可把英文搞好。」慕美說現在兒子女兒每個星期六跟大姐的孩子一起上中文學校，真搞不懂這是哪門子的邏輯？在臺北的時候，逼死逼活的叫我送孩子學英文，人到了美國，又來個一百八十度的大轉變？怪不得老杜回國參加國建會的時候，在哥兒們的飯局上說：「……人在臺灣教英文，到了美國教中文，哈，這叫『兩頭騙』！……」

聽電話中兒子的口氣倒是很興奮，說是在學校廁所碰到了班上一個外號叫菜鳥的同學，還跩了一句什麼──「天涯何處不相逢」。女兒嘛，年紀小，沒什麼大不了的問題，上一年級，去那都是從頭學，不是ㄅㄆㄇㄈ，就是ABCD。兒子口口聲聲掛記的就是他那個電視遊樂器，叫我找到了千萬要給他寄去，這個混小子，離家不只五百哩，竟毫無一點感覺。

又是紅燈，想起來了，高中時還唱過一首叫〈紅燈〉的歌，「紅燈暗，紅燈明，紅燈前面是陷阱……」，怎麼今天會忽然想起以前音樂課本上的歌詞？現在活生生的又從那個遙遠的年代裡給蹦了出來！今天到底是哪根筋不對了？人怎麼變得有點婆婆媽媽？是不是這幾天生活不正常，忘了練外丹功？

「紅燈暗，紅燈明」，不管紅燈前面是什麼，對我來說都是「寂寞無行路」。現在就是一路綠燈，叫我馬上開到家，還不是一室清冷？屋裡除了我，就是兒子養的那缸熱帶魚，和女兒「託孤」的天竺鼠。

現在總算習慣了，知道開了門，家裡沒人。說來也好笑，老婆剛走的那幾天，走進了家門，照樣有事沒事的拉著嗓門喊累；然後就習以為常面不改色的一屁股坐在沙發上蹺起二郎腿，看報等飯吃。翻開隨手抓來的報紙看來似曾相識，還以為自己有了什麼不自知的超感應？看看日期，原來今天的報紙還躺在信箱裡！那麼——剛才進門的唱作俱佳也是白喊白叫？這種感覺真夠衰——寒刺刺的，一下子彷彿掉進了冰窖，逼得人不得不要面對冰冷的現實！好吧，從今以後過起冷爐冷灶的日子，衰——今年的冬天有夠冷。

搞了半天倒真有點餓，看看冰箱有什麼現成的，冷凍庫裡倒有不少慕美臨行前又燒又煮然後分裝的瓶瓶罐罐，假如慕美帶著孩子去美國，這一去多年，這些瓶瓶罐罐又能吃上幾天？

現在還沒吃，光是站在冷凍庫前望著這些瓶瓶罐罐，已夠教人百味雜陳——，唉，這就是吵起架來嘴不饒人，做起事來又教人心頭一顫的何慕美！標準的「刀子嘴，豆腐心」。

……昏沈沈的也不知睡了多久？牆上的電子鐘一點「聲」息也沒有，當初真該買個有滴答聲響像鐘的鐘，都是慕美說滴滴答答的聲音像《虎膽妙算》裡的定時炸彈！女人電視看多了，就會語無倫次。現在可好，弄得整個屋子裡連一點聲音都沒有，這那還像個家？

打開電視看看，好歹弄點聲音。孩子在家的時候，就怕他們開電視，現在卻無聊得要靠電視來作伴！

怎麼三臺都是綜藝節目？是誰說的，臺灣的特產就是出歌星。歌星多得只要稍微一陣子不看電視，電視裡的新歌星和新歌，就會讓人覺得隔著電視像是恍若隔世。

看，現在電視裡就有一個不認識的歌星，一臉痛苦的像慕美進產房的樣子，痛苦的要幹嘛？「要——收拾這一場空……」黑白唱，「空」有什麼好收拾的？「亂」才要收拾。

她要收拾的——該是我這屋子裡的這一場亂！

收拾這一場亂？懶得動。

再說，也不像話，那有大男人在星期六的晚上，一個人關在家裡收拾屋子的？萬一被對面的偷窺狂用望遠鏡看到了，張揚出去，豈不丟盡了天下男人的臉？最近就在副刊上看到一篇偷窺狂寫的小說，寫得像是希區考克的《後窗》，嗯，每個窗口對偷窺狂來說，就是一篇小說，真是所謂的俯「視」即是，靜觀皆自得。看樣子，這年頭寂寞無聊的人還真不少，不單單只有我阿華田一個人。

那——我該做什麼？早知道真該跟小黃那一票出去混個晚上的。現在——閉門思過？完了，中毒已深，被人洗腦成功！這不是慕美常罵我的話？現在居然脫口而出！

嗚呼，一個男人結了婚就沒什麼魄力，一個輕輕鬆鬆的週末晚上，竟會搞得栖栖遑遑教人笑掉大牙的無所事事！

以前多希望老婆大慈大悲放我一馬，教我不要走到那裡都是拖兒帶女的一大窩，多盼望一個人好好地逍遙法外為非作歹一天，現在好了，天天自由，卻又如此「窩」囊，天生的奴性！

去……，去哪裡？去路口的啤酒屋？就這麼辦，總比一個人關在屋子裡悶得慌好。

附——近，不是新開了家酒廊？聽小黃說，那裡有個妞兒長得亂正點，小黃說美得冒泡簡直無法形容，教我儘量想像她的美，世間真有這種女子？算了，搞不好是戴了一副人皮面具，面具下面就是個武功高強的邪魔老嫗，跟她喝起酒來，豈不膽顫心驚，搞不好酒杯還有詐。接著就是仙人跳。

想到小黃，這小子最邪門，豈止小小的黃。

過了不惑還做了件禍事，忘了不能跟親戚朋友談生意打交道的自古明訓。自從在小黃的旅行社給慕美他們訂了機票，現在這傢伙一見了面就嘖、嘖、嘖個沒完：「『內』在美唷，天高皇后遠，鞭長莫及，千載難逢啊，好好抓住青春的尾巴哦——」有事沒事來通電話，二話不說劈頭就問：「誠實招來，昨晚是去哪裡一夜風流的？要不要送你一瓶海狗丸？」

還吃？現在臺灣的男人誰敢吃？在南非這麼一鬧，臺灣的男人成了全世界口誅筆伐的罪魁禍首，搞得臺灣的男人看了海狗、海豹就怕，退避三舍劃清界線都還來不及！

小黃這狗子，我看投胎轉世前特別挑好了要姓黃的。

當然啦，男人談女人。不談女人的就不是男人。

像我們這群狗子，從小學開始就瞄馬子了，當年小柯心中的小百合就跟我們同屆不同班的。小柯最無恥，後來為了要讓人知道他和小百合有「淵源」，硬要說是小百合跟他幼稚園同班過。

記得有年在西北班機上碰到小百合，原來人在西北當空姐，怪不得小柯在地上找不到。沾了小學的光，小百合請我喝了不少酒，誰知坐在身邊的慕美就不是個味兒，事後想盡辦法來逼供，一口咬定小百合是我的老馬子！女人別的本事沒有，捕風捉影的本事是一級棒，天馬行空的想像力令人不得不嘆為觀止。

有了這場胡攪蠻纏的慘痛經驗，再美的女人我都金屋藏嬌藏在雜誌裡，有道是「書中自有顏如玉」——個個長得嬌美可愛凹凸分明笑臉迎人不說，最讓人窩心的是，絕不會開口罵人。

小黃說跟女人打交道，是最沒完沒了的，就像打越戰一樣，是場不求勝的仗；可是男人總是前仆後繼，掉入叢林泥沼，而又無法自拔……，對我來說，男人和女人的這場戰爭，有個老婆吵鬧不休已經夠了，有時吵到最後，被弄得神智不清連究竟是在為什麼吵？也搞不清個中心主題！再找個女人拉拉扯扯的站在不歸路上吵，我這樣過了一生，不過也罷。再說，搞不好，最後兩個女人一起來個什麼殺夫，毒你，或是剪刀手，剪了沖到馬桶裡！不能排除這種可能性，因為女人是最忽敵忽友，敵我不分的。

什麼時候鄰座來了一胖一瘦？

瞧，這胖子的嗓門奇大，口沫橫飛，一副「名嘴」架勢，瘦子倒是話少。在這消愁解悶的啤酒屋裡，恍恍惚惚的真讓人覺得這胖子倒有些神似武俠小說中的鏢局總鏢頭。

醉啦？這是臺北東區的啤酒屋！眼前不是鎮遠鏢局總鏢頭！幾杯啤酒下肚，我，不勝酒力？講笑。

說真的，流目四望，這啤酒屋裡目前看來倒是一室祥和，真希望我們的社會能像此時此刻的啤酒屋；吃香喝辣各憑各的本事，一杯啤酒在握，品嚐的是各自人生的喜樂哀愁，進點小菜，像是人生的佐料。這裡沒有暴動示威，也沒有動不動就想綁票撕票教天下父母視子女上學放學為畏途的歹徒。

記得小時候，每天走上一大段路去上學，走在上學的路上，那是真正的安全與快樂，那時路旁有稻田，田裡藏著有青蛙，現在呢，稻田沒有了，小孩上學的路上，巷子裡藏著有壞人——慕美就憑這點跟我吵，說是帶孩子去美國，最起碼不必提心吊膽擔心被綁架！唉，這教我能說什麼？難道在美國就安全？

……小時候還沒電視，星期天的晚上，家家戶戶圍著收音機聽廣播劇，到現在還記得廣播劇播出前的音樂……，現在的小孩就無法想像沒有電視，沒有電視遊樂器的日子怎麼過？兒子總覺得我這老子是古代的人。小時候，多少個冬天的晚上，家裡生了一盆炭火，全家圍在一起聽廣播劇，木炭的火星嗶嗶剝剝的跳著，暖暖的感覺直到現在。

往日情懷，不就像我吐的這煙圈？

聽那胖子的語氣，好像在勸人：

想偷聽，還得裝著不在聽的樣子，真累。

「老顧，別這麼憂心忡忡的……」

原來瘦子姓顧，顧家的男人。Family Man。

「告訴你，沒什麼大不了的——」

「不是我胖子愛亂蓋，現在走出去，隨便抓一把在臺北街頭走動的男人，我敢說其中就有幾個『內』在美！」

什——麼？又是「內」在美？

這跟慕美大肚子時一個樣，走在路上，耳邊就聽她一直嘀咕個沒完：「怎麼滿街都是大肚子？」

這叫無巧不巧。胖子別去抓，近在眼前就有一個新出爐的「內」在美——在下、敝人，我。

「你看我胖子，就是個活生生的例子，這幾年下來，不也熬過來了？身上也沒少掉一塊肉？哈哈，每回站在磅秤上，還都是有增無減！人嘛，長得還不是白白胖胖英俊瀟灑的老帥哥一名。」

「告訴你，老婆有本事要到美國去當女強人，就讓她去當！」

「我們呢，我們就在臺北當我們的男強人！來個分庭抗禮，平分秋色。」

這胖子倒想得開，怪不得心寬體胖。瘦子大概是凡事鑽牛角尖想不開的那型，同是天涯淪落人，我阿華田，胖瘦適中，那麼是時而想得開，時而又想不開的矛盾男子囉。

「……剛開始的時候，動不動還會在電話裡吵，現在日子久了，人也跟著麻木了，想吵也吵不動！」

對唷，這幾天在電話裡跟慕美是有不少次隔海對罵，結果是該講的話沒講，不該吵的架一次也沒漏掉，寄望於未來吧，胖子說的以後就好，倒吃甘蔗。

「當然囉，男人一下子沒老婆，總有點不習慣，人哪，都有點像司馬光說的由奢入儉難！」

嘿，司馬光都搬出來了，有老婆是「奢」，沒老婆是「儉」。司馬光還管性生活？

胖子咕咚咕咚喝了兩口。

「現在嘛，隔著太平洋，我在這炒股票跑號子，她在那搞她的房地產，彼此河水不犯井水，兩人玩的是拉鋸戰。」

「對了，說到股票，老顧，你有沒有看這期老美的 *NEWS WEEK*？老美說臺灣股票市場是拉斯維加斯以西最大的賭場！說真的，搞股票這玩意兒，就像賭博一樣，前一陣子是十五，現在是初一，以前是賊吃肉，現在輪到賊挨打……我胖子如今也被套牢，怎麼辦？看著辦——就等起死回生！前幾年我在美國的同學還專程回來炒股票，這小子狗運好，換了現在豈不倒了邪霉？……玩股票多少帶點邪運，誰都怕接到最後一棒……」

「老顧，你有沒有注意到我換車了？」

「天黑，沒注意到。」瘦子言簡意賅，倒也老實。

「我換掉了去年的BMW，去年這個時候倒是挺拉風，反正三商銀送的嘛，不買白不買，假如要存錢，要存到什麼時候？辛辛苦苦的存了個大半天，大概只能買個車門！」

「提到BMW，真箇樹大招風，有次南下，還被警車猛追，嚇得我屁滾尿流，你猜怎麼的？原來我的BMW跟個槍擊要犯是同樣同色的！」

時代真格的是進步了，記得小時候萬華的流氓尋仇，都是穿著汗衫、口嚼檳榔，腳拖木屐，手拿武士刀，騎著腳踏車去幹的。腳踏車還是專門給冰菓店送冰，後座特大的那種。現在流氓可神氣了，身上帶著走私槍，開的是「馬力足，追得快，逃得快」的進口車！哇噻，廣告術語，畫面是警匪槍戰！這個點子可以賣。可惜從小被小柯和老杜「阿華田、阿華田」給叫得命中註定當洋食代理商，否則輪到小柯混導演？

同樣是外號，老杜的外號就有「學問」，杜格德doctor，果然當了doctor。

記得老杜那次回來，看見臺北街頭的Benz滿街跑，老杜說臺灣的人真有錢，連去超級市場買菜都開Benz！怪不得《世界日報》上常有新移民在老中聚集的蒙特利公園、阿罕布拉經常被搶的消息。

胖子又點了根菸，「一轉眼就混了好幾年，這幾年來，逢年過節什麼的，不是老婆帶著孩子來，就是我去，老婆和我都當了過海卒子——看你是往太平洋的哪頭走？老顧，我也想開了，這就是現代牛郎織女，以前是牛郎挑著籮筐帶著孩子去會織女，現在是織女帶著孩子坐飛機會牛郎！哈哈，每年寒假、暑假兩相逢……」

「還真夠嗆，我胖子一家都當起了時代產物，說起時代產物，家裡老頭看不慣，老頭說他們離鄉背井骨肉分離是沒辦法，現在我們是自找的……有時我還真羨慕我老頭那個時代，雖然什麼天災人禍都經歷過，什麼苦也吃過，但是有那種大時代的參與感，像我們這被看成『好命』的一代，從小惡補，一路考下來，到成家立業，好像都逃不出個『窠臼』！」

「唉，反正什麼事都別多想，日子才好過，想多了一天也活不了……」胖子嘆道。

「下個月老婆就要帶著孩子回臺北，現在見了面，大家客客氣氣的像客人似的，他們在臺北像作客，我到了美國也像作客，我跟老婆以前是三天一小吵、五天一大吵，現在可好了，過的是相敬如賓的日子，不管當主人也好，當客人也好，一家夥湊在一起咧個笑臉照張相，誰看了誰不說是『全家福』？」

「上回老婆回來，打著旗號說是回來看我，第二天就去看美容師，原來回來是為了紋眉、紋眼線。不知這次回來，又有什麼名堂？」

「該不會回來洗壞眉的吧？」

這瘦子半天不說一句話，說出話來倒也一針見血。

「老顧，你看看現在滿街都是濃眉大眼的女人，老婆振振有詞的對我說，紋了眉可以改運，如果真能教股票不跌，我胖子馬上就去紋！」

……

胖子忽然沈默不語，忽然又好像想起什麼？峰迴路轉？得仔細聽——

「老顧，哪天我帶你去樂樂——」

咻——還以為是什麼了不起的大事，原來是這檔事，剛才慷慨激昂，現在又原形畢露，夠男人，吾道中人。

好在慕美不在，否則準會撇著嘴做出極為不齒狀，然後哼出一句：

「你們哪——天下男人都是一個樣！」

家庭主婦肥皂劇看多了，臺詞表情也都完全一個樣。

「我——我看……」瘦子吞吞吐吐。

「別你看，我看，現在是沒人看！以前我逢場作戲，回了家老是大眼瞪小眼，現在嘛，大家睜隻眼閉隻眼，一轉眼就快到白頭，然後就偕老！」

瘦子低頭不語，開始吃菜。大概知道講不過胖子，胖子跟進，夾了些菜往嘴裡塞，口齒不清地說：

「這就叫哀樂中年，所以囉，有哀就要有樂，人生一場就要學會苦中作樂……」

看不見瘦子的表情，只聽見瘦子的聲音：

「胖子，我跟你的情況不一樣，你老婆能幹能獨撐大局，我老婆可沒這本事，她想讓我過一陣子也過去，我在臺北好好的，叫我辭了工作去美國一切重頭來？」

「老顧，說正經的，假如要去美國，可就要從長計議；在我來來回回跑了這幾年看來，在美國討生活只有兩條路，第一是自己有『本事』找個好工作，第二是自己有『本錢』自己給自己找個好工作。最怕是沒本事又沒本錢，高不成低不就的，再加上話又不通，那日子過得就像『啞巴吃黃連』，一天到晚只有沈醉麻木在想當初在臺灣是怎麼怎麼的風光裡……」

「還記得當年在成功嶺跟我們混在一起的小張嚒？他現在人就在美國洛杉磯。當初去美國時，小張的情形幾乎跟你一樣，也是老婆先帶了孩子去，後來拗不過老婆，只好辭了工作去美國。人去了美國總要有事做，做什麼？只有做生意。左看店，右看店，想了又想，比較了又比較，最後選擇了美式快餐，圖的是個人工少。在Disney land附近頂了個炸魚店，夫妻倆從打收銀機開始學起，每天早出晚歸的就一頭栽進店裡，忙和了一陣，除掉課捐雜稅剛好夠店裡的開支，辛苦了半天自己的人工還不算，小張說這那叫『赴美創業』？簡直是花錢買工作叫自己不失業！」

「……小張一看苗頭不對，根本沒『錢圖』，於是趕緊賣店，賣給了像小張當年一樣的新移民。現在呢，自己從臺灣進貨，自己做 Swap meet，Swap meet 就是露天市場，在加州因為天氣好，這種露天市場還不少。早期的是發了一陣，現在新移民增加，競爭激烈生意不好做，小張因為不必向當地的批發商批貨，利潤算下來還可以應付生活。今年過年去美國在小張那，還義不容辭的幫他做了一天 Swap meet。」

「記得小張以前是混帥哥的吧？現在的小張一臉落腮鬍，經年累月風吹日曬黑不溜丘的活像個『阿米哥』！說到以前，小張只有一臉苦笑——做 Swap meet 穿得一身名牌給誰看？那天在小張那聊個通宵，小張感嘆的說，人到了美國才真正知道金錢為何物，錢——是英雄膽哪，一個錢蹩倒英雄漢！每個月底各種帳單要付，沒錢行嗎？說來小張剛到美國的時候，為了省錢怕坐吃山空，全家都沒買保險，所幸的是，向老天爺買的保險，保佑得全家沒什麼意外。小張說這就是為什麼人在臺北耍海派，萬把鈔票花得不眨眼，在美國住久了，卻瞪著眼睛在家剪報上一毛、二毛五的優待券，說穿了，就是怕花一個少一個！」

「小張那晚酒喝多了，牢騷也多，小張說別看中文報紙把加州的地名翻譯的都挺好，什麼『喜瑞多』啊，『柔似蜜』的，地名再好，移民在別人的土地上，先天上語言有障礙，心理也跟著有壓力，再加上自覺也沒什麼安全感，生活緊張還要向家裡粉飾太平！小張對我說，你看到了——，我就在『柔似蜜』做Swap Meet，他媽的簡直是苦心蓮！」

胖子把手中的菸狠狠的捺熄，奇怪的又點了一根，菸夾在嘴裡又開始說話：

「所以我胖子說什麼也要在臺灣混，這一回頭是岸就是妻離子散。媽的，有時自己也想不通，這——究竟是為了什麼？真的是為了孩子嗎？以前我跟老婆吵，她鼻涕一把淚一把地說吃苦受罪還不是為了孩子，我看也不見得，說來說去都是為了面子！現在大家都去美國，不去美國感覺上就好像比人矮一截——」

一胖一瘦好一陣子低頭不語，事實如此能說什麼？慕美跟我不也是這個「結」？

「胖子，就像你剛才所說的『窠臼』，我想，到最後我還是會辭了工作去美國，這不是願意不願意的問題；而是沒辦法中的辦法，要不小孩再回到臺灣怎麼跟得上這裡的功課？去美國，年齡一把只有做生意，問題是這輩子又沒做過生意，不知要怎麼個做法？」

「誰出了娘胎就會做生意的？王永慶是嗎？做生意都是硬碰硬，碰得一頭包，最後才頭角崢嶸的。不過告訴你，老中在美國做生意都是一窩蜂。當然囉，人還沒到美國，第一個想到的就是開餐館，你去小臺北蒙特利公園看看，單是大大小小的中餐館就是五步一個十步一個，比臺灣的土地廟還多！要不就是出租錄影帶，還有的就是賣沒有油煙又不需什麼人工的酪果Yogurt，能言善道的可以賣保險、做房地產，最近嘛，大家又開始賣電腦，搶著做直銷，見了面沒談兩句話就拖你下海當老鼠，還有人慫恿我跑單幫在臺灣賣Nu Skin，我胖子時髦得還不夠？已經是『內』在美了，現在又要賣『外在美』，我，省省吧！」

「那我該告訴老婆，叫她先在那多看看行情，免得我人到了美國亂抓瞎。」

「多方面看看是不錯，但仍免不了要嘗試錯誤，像小張不是個例子？小張這幾年下來，什麼沒做過？什麼沒賣過？到現在我還常想那天夜裡小張對我說的話——，他說上飛機來美國的時候，送行的人搶著幫他提皮箱，誰曉得到了美國折騰了半天，最後改行賣皮箱！整天陪著笑臉幫顧客提皮箱，還愈提愈帶勁兒，就怕沒人叫他提皮箱！說實在的，在美國混是夠辛苦的，除了財大氣粗的暴發戶例外。這幾年下來，所幸的是小張的老婆考上了郵局，一家生活有了固定的收入和保險，依我看在美國混，夫妻兩人中最好其中一人有份細水長流的工作，那麼另外一個闖蕩江湖暴起暴落的話，比較不會像兩個人同時都坐以待斃來得恐慌！」

胖子連吸了幾口菸，胖子啊，你手中有菸，我聽得心有戚戚焉。

「我看再過幾年，等孩子進了大學，所謂『一代還一代』，我胖子自問對他們的義務也算盡了，以後他們要做什麼，該是他們的事。至於老婆嘛，到時候要不要倦鳥知返也隨便。

我呢，股票搞不下去，了不起再回報關行……，記不記得我們小時候拉著嗓子唱〈只要我長大〉？早知道長大了成了家是過這種日子，我就不會那麼興奮的跟著大家一起喊！」

今晚的啤酒屋是來對了，是——是好一個「內在美之夜」！也不知是誰開始用上這名詞，乍聽之下有點挖苦，仔細琢磨滿有個道理，要是一個沒有內在美的男人，怎能大德、大容、大量的過起這種「婚姻」生活？

小黃這狗子在的話，一定會嘻皮笑臉的加上一句——還有「大色」！齷齪。

「苦苦的這一杯酒，淡淡的沒有滋味……」

什麼歌不好唱，偏偏跑到啤酒屋來唱這種鳥歌？

在家叫我「收拾這一場空」？到了啤酒屋又是「淡淡的沒滋味」？他媽的，從蜜蜂窩又掉進了馬蜂窩！

人到中年，怎一個「煩」字了得？

啤酒灌得太猛，壓得胸口痛，怎麼，今晚的啤酒杯比往常來得重？

明天星期天，我該在窩裡做什麼？再打電話給老婆孩子——

告訴兒子他的電視遊樂器找不到。什麼東西都亂塞亂放，誰曉得放在哪裡？這點倒跟老子一樣。好的都像媽媽，壞的都像爸爸，天下不變的道理。

告訴女兒，幼稚園的小朋友就是那個跟媽媽住，嗯，名字叫什麼來著？好像是叫王青怡的，昨天打電話來問她的老鼠可不可以和女兒的老鼠結婚？替老鼠提親？女兒的老鼠我做不了主，這小鬼又說老鼠結了婚生了「小孩」，兩家分。男的給老鼠爸爸，女的給媽媽，就像她一樣，現在的小孩！

還要對慕美說，在教練場練的技術，就是換了國際駕照也別一個人上高速公路，再在當地找個駕駛學校實地的練幾次。說老婆開車是三腳貓的把式，那是吵架要離婚最快的導火線。

這些話都先寫好，該講的講完了，我就收線跑人。在電話裡糾纏不清隔海對罵，鷸蚌相爭漁翁得利，便宜了電信局。

拙妻、拗子、不通氣的菸袋，男人的三大悲，全讓我給碰上。

明天再打電話給住在南部的爸媽，該說什麼？自從老爸退休後，兩老回了趟大陸，回來後蒼老憔悴的不只是外貌而是心情。

儘管老爸老媽回家前，兩人都有心理準備——記得老媽有年跟在臺灣唯一的舅舅同時做夢「掉大牙」，媽說掉大牙傷父母，兄妹倆談起傷心的坐在後院藤椅上一起掉淚，印象最深刻的是，有好幾天老媽都是一邊炒菜一邊擦眼淚……，儘管如此，像所有少小離家的人一樣心中仍存著企盼，到了老家才知道父母都早已過世。是給鬥死的，最後沒人敢收屍。當年爸媽離家時，留在爺爺奶奶身邊才三歲的姐姐，也在新疆勞改時死了，剩下的姪表親零星分散，有的見了面也恍若隔世。

老媽回來後一下子頭髮全白，嘴裡老唸著的是：「跟你爸離家時，你姐姐才三歲，離家的那個清早你姐姐跟在後面追我，哭著要跟我一塊去，我回頭哄她說，乖，過一會兒等媽安頓好了就會回來接你，以後全都住在新家裡，誰知道這就是『生離死別』啊！打從離家那天開始，這四十年來我耳邊沒有一天沒有你姐姐的哭聲，骨肉連心哪……。我對你姐姐說的『過一會兒』就過了四十年！……好不容易熬到了可以回家，可是人全不在了！……別人返鄉就是人不在了，好歹也有個墳，我啊，連個上香磕頭的墳都沒有！……」老媽講到傷心處，老爸男人家有淚不輕彈，總是藉故去浴室擦把臉。

接著在爸媽從大陸回來後不久，就發生了「天安門事件」，兩老每看報紙電視就是老淚縱橫。唉，這是個什麼樣的政權？

聽小柯說計劃想要拍《天安門》，好好的拍，小柯。讓大家「看」個清楚，不要再對這種政權再存著什麼天真的想法。

當「三劍客」的時候，一心夢想有一天要辦個「三劍客出版社」，現在只有小柯跟這個夢想有點接近，因為拍一部電影不就像是出一本書？

什麼時候人都走得差不多了？

那一胖一瘦呢？是去找第二回合的樂子？——

「紅燈將滅，酒也醒，

……」

燈光也跟著暗了下來，在這昏暗的啤酒屋裡，現在就只剩下零星的幾個人，有的服務生已經開始收拾——

什麼時候外面下起了雨？

玻璃窗外忽明忽暗的霓虹燈似乎疲憊不堪卻又無奈地仍在閃爍在這臺北東區的夜空；雨夜裡照映不出個熱鬧，倒映著的是一股光怪陸離的冷意。此時此刻令人想到的竟是以前國文課本上常教人排列組合搞錯的——「魑魅魍魎」！這幾個字……這幾個字本身就帶股邪氣！嗯，魑魅魍魎，這——像現今的社會？還是像人生一場？

唉，反正什麼事都別多想，日子才好過，想多了，一天也活不了……胖子不是這麼說？

「曲終人散，回頭一瞥，

唔……最後一夜——！」

別催，啤酒屋打烊我就走——。

午夜來電

純良啊，沒睡吧？怎麼，我的電話吵到妳老公啦？聽鍾鐵民剛才接電話的口氣好像很不高興的樣子？妳告訴他我們是談正事吔，談中文學校的事。唉，我們這些當太太的出來教中文，就是兩面受敵！在家老公嘀咕不停，在學校一要開個什麼家長會就要跟一群牛鬼蛇神纏鬥不休，有時想想，真教人灰心，放著好日子不過，這究竟為了什麼？……鍾鐵民沒為這個電話不高興？那，沒事就好……妳現在人在地下室？巧吔，我也在地下室的書房，哈哈，我們都是地下夫人……在地下室講電話比較方便，我們可以放心講話了，純良啊，我常說的那句老話——人要相處才知道……真是一點不錯！今天還好妳請假，沒有看到家長會上的亂勁，真教人寒心啊，那群家長平時有求於我，找史耀乾辦綠卡的時候是一副嘴臉，現在事成了竟翻臉不認人！我這個人就是好心，當初看他們是光華學生家長的關係都叫史耀乾比照一般收費打八折，想不到這些人過河拆橋，翻臉不認人！我伍澤恬為光華中文學校賣命十幾年，沒功勞也有苦勞，想不到今天還被人指著鼻子罵！從開家長會到現在我氣得都睡不著，胃潰瘍的老毛病又犯了，告訴妳胃潰瘍都是被氣出來的，才吃了藥，不要緊，好一點了……史耀乾啊，現在人在香港不在家……純良，我只有打電話給妳，中文學校也只有妳瞭解我的苦衷，妳知不知道今天開會的時候他們說我什麼？說我「把持校務」！這些年立的全是「傀儡校長」！什麼「剷除異己，不擇手段」，喜歡打電話騷擾家長，向人哭訴……這是人話嗎？還動不動在我校務報告的時候，想上臺拔掉我的麥克風，臺灣立法院那一套全學會了！有人借題發揮說我是「資深民代」，他們才是民進黨！我就是說嘛，國內打架鬧事的新聞看多了沒好處，現在可不應驗了?!有人還想潑我水！以為自己是在立法院啊？鬧吧，鬧到今年九月開學，全校師生都在馬路上上課！當務之急他們從來沒想到，人家 High School 已表明態度，這學期結束就不再租借給我們使用了，當初妳不知道是我叫史耀乾費了好大的勁兒，用了不少人際關係才好不容易找到有個學校肯借給我們，這背後花的工夫，他們知道嗎？現在動不動就貼大字報想轟我？「打倒武則天」？「澤佸中文學校」？「騷擾良民」？我一天就只有晚上有空，利用時間打電話給學生家長、老師，交代些事情，罪名又來了，說我睡不著覺在叫春？……哦，baby 哭了？好……好……妳去看看……我等妳……明天不行吧，明天沒空打電話給妳……妳把 baby 抱來啦，純良，我是把妳當自己的親妹妹看待，有句話我要對妳說——妳剛從臺灣來，在美國還用臺灣那一套又拍又哄的方法帶小孩，那是行不通的，這簡直是自討苦吃嘛，老美那像妳用老祖母的方法帶小孩！八點一到，往小床上一扔，關燈，睡覺。沒什麼討價還價的。當賢妻良母是沒錯，可是總要有個自我吧？哦，老公吼妳兩句叫妳不要教中文，妳就乖乖的不要教了？告訴妳，老娘偏偏要教！男人啊，都是一個鬼樣子，妳退一步，他進十步！以前史耀乾也一樣嘀咕我，說教中文都是三姑六婆，我只要一打電話，他的銅鑼眼就馬上瞪著我，說我一天廿四小時，恨不得打廿五個小時電話，現在啊，他屁都不敢放一個，他心裡明白，要不是我，他會發得起來嗎？我說啊，什麼事啊都要靠時機，現在正好碰上了移民熱，香港「九七大限」馬上到，臺灣嘛，又是社會治安不好，人有錢了就怕死，大家都想移民到國外，再加上這兩年來「六四民運」的影響，大陸留學生也不敢也不要回大陸，史耀乾臺灣、香港的事務所最近忙得不得了，可惜是澳洲我們人頭不熟，否則生意會更好……告訴妳件好笑的事，史耀乾每回去飯店吃飯，飯後拿的 Fortune Cookies 上面有好幾次都是相同的一句話：Your Wife is Your Boss.，哈哈，現在連 Fortune Cookies 都這麼說……在美國啊，說真的，不談別的就是要自己創業自己當老闆才有得混，像你們鍾鐵民在小公司裡當個 Programmer 能賺多少錢？妳聽了可千萬別多心啊，現在幹這一行 Job Market 已經飽和了，想發財是沒指望的，連想買房子都還要在公寓裡窩上好一陣子……純良啊，最近銀行貸款利息降低，是買房子的好時機，妳跟鍾鐵民去看看房子嘛，別老租人家的房子，這樣報稅多不划算，還有，老中看人那個不看你是住什麼樣的房子，是住那一區？……還是當律師有辦法？也不能這麼說，當律師也有辛苦的一面，史耀乾有一天就有感而發的對我說：辛辛苦苦唸出來當了律師，一天到晚儘是幫人填表格，跑移民局，當移民律師看起來輕鬆，錢好賺，這要人頭熟才行，史耀乾事務所裡的幾個老美律師就是以前的移民官，跟移民局上上下下都熟，這些人不打點好，怎麼轉得開?!幹一行怨一行，不過在美國一轉眼二十多年混下來，如今我們餐館也有好幾家，錢賺錢容易，人賺錢難嘛……我啊，我就為了這些大大小小的事，每天忙得半死，妳看，明天我一大早就要去Largo Community College教中文，現在那的中文課程全靠我一個人策劃，其他教中文的說不好聽點都是半吊子，使不上一點力……可別說「能者多勞」，我伍澤恬沒別的，就是熱心過度，好心過了頭。不過，我常想像我這中文系科班出身的人，在國外能宣揚中國文化也是滿有意義的事。妳知不知道，那時妳還沒來美國，七、八年前吧，第一次海外中文教師研習會在板橋召開，我代表光華回去，我把帶回去的資料給大家看，大家都說在美國能多有幾個像我這樣熱心教中文的人就好，告訴你，研習會時我到臺上講話，大家都說我的國語真標準，我是從我母親那學的；我母親雖是福州人，但在北方長大，研習會結業式還被推舉代表大家致辭，真不好意思，「蜀中無大將，廖化做先鋒」，我就是廖化罷。哎呀，別說我行，在香港住過，英語、廣東話當然該會囉，說真的，這年頭，要像我們這樣不求名不求利，肯埋頭苦幹的人真不多呢。那些不知好歹今天來鬧場的家長，也不想，這十幾年來若不是靠我伍澤恬任勞任怨撐著，光華中文學校會有今天？當校務長當了十幾年就犯法？這個校務長的位子說穿了根本沒人要當，誰會像我伍澤恬一樣傻？儘做吃力不討好的事。你不知道我剛來光華當代課老師的時候，那時是沈蘇珊當校務長，她是在美國讀高中的，根本不知道怎麼教中文，有件事我都不好意思講，她啊，她說她丈夫的功力全靠跑步跑出來的，這個人跟老美混久了，滿腦子都是「換夫」、「換妻」的思想，有回上文化課，教一群Teenager，竟在黑板上把「人之初，性本善」的「性」對學生開玩笑說是Sex！這是幽默？玩笑能這麼開嗎？後來大家說我小題大作故意把她擠掉，反正嘴巴長在人臉上，隨人怎麼說，我問心無愧就好。現在這一票沈蘇珊的人動不動就以元老自居，一開會就是By Law，By Law，一個中文學校By個什麼Law？還不是為了想整我，說不好聽點史耀乾是Lawyer，看誰怕誰？說我權力慾重，我的新老師都是自己的人手，每到開校務會議選校務長的時候打電話叫老師們務必選我，哼，我不是說大話，除了我誰肯入地獄，我打電話給妳們，就是為著學校著想，為的是千萬不能把光華斷送到沈蘇珊她們那一批草包人的手裡！「打倒武則天」，我真是武則天她們敢這麼鬧嗎？我是不跟她們一般見識，我什麼人沒見過，還怕他們不成？這些人有本事再帶一批人馬出去再辦個中文學校好了，老中在團體中人人想當王，想做頭子想獨當一面，也要掂掂自己的斤兩，看看自己有沒有這個能力？一年前王必強不就是帶著一批人出去辦了個新華中文學校？噢，從光華出來辦「新華」，新華，新華社，明人眼裡一看就知道親中共，以前他們罵我故意討好協調會想參加國建會……，把我罵成「國特」，他們才是「匪諜」！現在兩岸關係改善了，這些名詞也沒了，中文學校還不是水火不容？中國人啊，……連美國的一個小小的中文學校都是吵吵鬧鬧統不了一，還想搞兩岸統一？反正，反正這也不是我們的事，像釣魚臺一樣是下一代的事……純良，我剛才說到哪啦？哦，剛才說到選票，妳為什麼不讓 Mary 週末上兩個中文學校？星期六妳教漢光，星期天教光華，同時都把她帶著上課嘛，Mary 假如來上我們光華，鍾鐵民就是我們的家長，開家長會的時候就有投票權，可以投我們的人進董事會，投我們的人當校長，這總是一份力量嘛，我看妳乾脆不要教漢光了，只教光華好了，跟著我準沒錯，等 baby 大了，妳可以在我們的餐館做做事，或在史耀乾的事務所幫幫忙，妳說 Mary 喜歡上漢光，妳辭掉漢光不好意思？我是妳學姐，學妹幫學姐是義不容辭的。當然啦，我們光華的學生水準沒有人家漢光好，漢光就是會抓住小孩的心，整天辦些活動什麼的，好玩嘛，我們光華是穩紮穩打，不搞噱頭，每週都有考試，當然小孩不喜歡嘛，還有招收的學生不同，他們多半是從臺灣來的，我們是從香港來的，程度自然也不同，要不是靠我這些年來的努力，光華怎麼跟人比？嘿，妳注意到沒，漢光的校長講話時最愛摸鼻子，愛摸鼻子的人都貪財！妳別笑，這是真的。妳也愛摸鼻子？別開玩笑了，那不同啦，妳摸的不一樣……還有妳看漢光收的學費就是這一帶中文學校最高的，這要賺多少錢！他們給你們老師一個鐘頭多少？有什麼不好講？妳才來美國不知道這個學校的來龍去脈，當初也是因為跟維夏中文學校董事會不和，自己一氣之下出來創校的。反正啊，中文學校都一個樣，誰也不服誰。對了，純良，前天讓妳幫我打的全校名單和學籍表弄好了沒？好吧，等 Mary 出完水痘妳再打……我告訴妳，小孩不能太寶貝太嬌寵的，否則他們就拿住妳！一說到學校的事，又有事叫妳做了，妳把妳在漢光他們每學期的演講、認字比賽辦法詳細情形告訴我，他們文化課的講義不是妳寫的嗎？也拿給我看看，我們可以用，沒關係啦，又不是抄襲，為來為去還不是為我們的下一代，又不是為了我伍澤恬好邀功。妳這個人不是我說妳，就是有點四方板凳，不要認準了什麼，就不能有個變通。妳啊，實在太單純，現在教兩個中文學校，幹嘛還去教會幫忙那裡星期天上午的中文班？

不要說替神工作義務性質，妳被人家利用還不知道？說到教會想到一件事，這學期剛從你們教會中文班轉過來的謝家，家長謝重任這個人怎麼樣？我是說聽不聽話，肯不肯做事？我想把他弄進理事會。純良啊，有件事要告訴妳，你們那教會何牧師，還是從別的教會被趕出來的呢，跟長老、執事不和嘛，兒子小小年紀沒到兵役年齡一個個都先送來美國，我怎麼知道？因為是史耀乾幫他們辦的居留，牧師是人又不是神，誰沒私心，誰不怕死？妳啊，剛來美國太不知道老中圈的事，老中週末的兩大活動，中文學校和教會事情才多呢，當然啦，像妳看什麼人都是好人，也好。不過，我癡長妳好幾歲，提醒提醒妳，妳幹嘛要找楊慧芬教你們 Mary 彈鋼琴？在華盛頓 D.C. 藏龍臥虎的人才那麼多，為什麼一定要找她？她是你們教會唱詩班的指揮？自己的聲音那麼難聽還敢教人唱歌？不是我故意向妳說我們 Karen 的鋼琴老師是日本人有多好，人家真的是有兩把刷子，學生每年出去比賽都得獎，Karen 得的獎就一大堆，妳為什麼不讓 Mary 跟她學，剛開始學琴基礎最重要了，妳說楊慧芬人好？哼，我叫她來光華教合唱團她還耍大牌拿蹻呢，妳啊，真搞不懂妳為什麼看什麼人都是好人？妳知不知道楊慧芬曾經向我打聽你們鍾鐵民年薪多少？在美國最忌諱的就是問這個問題，這楊慧芬小頭小腦的就是愛打聽別人，有回向我吹自己的婆家多有錢，臺灣有好幾座山都是他們的，婆家吃的海帶都是日本貨，好笑不？吃的用的都是日本貨又怎樣？吃了日本海帶會變成日本人？還有啊，有天一大清早打電話，沒頭沒腦地問我聽過 Martin Marietta 這家公司沒？因為她老公有個工作機會，問我這家公司好不好？誰管它什麼馬丁、牛丁的？有回更絕，她要幫父母辦移民，打電話問史耀乾，又莫名其妙的加一句：「我知道這是專業上的問題，若有不便，你可不必回答……」什麼跟什麼嘛，要不就訂個約面談，想佔點便宜不付談話費，又假裝公事公辦……在美國我人看多了，妳以後慢慢也就會知道，在美國的老中有兩種人最多：一種是不停的吹噓自己，一種是不停的打探別人，這兩種人的結論都是一樣的，那就是自己是大家出身，要不就是將門之後，別人都是小家子氣，沒見過世面……不說別的，會畫兩筆畫，就自認是畫家，在我們學校教國畫的金老師，就是開口閉口說自己的房子、兒子、股票，房價，每回聽每回不一樣，總要虛報個三、四萬，好像值錢得後院冒石油！老公以前幹船長，我看是漁船，吹得像是歐納西斯。人嘛，禿頭胖肚子長得像狗熊硬要說成像楊群！噁心加三級，要不就是兒子多棒啊，讀的是醫學院，這年頭誰有興趣聽人家說人家的孩子?!無聊。那個教中班的陳曉君更噁心，說來說去就是班上學生多喜歡她唷，自己是「萬世師表」啊?就是會拿些棒球卡施小惠，妳看過她拍她班上馮紀綱爸爸的馬屁沒?妖笑頻頻，我看了都汗毛立正細胞跳，雞皮疙瘩掉一地！為的就是馮紀綱的爸爸是她老公的老闆……因為……她那個老公上班的公司最愛用一批剛出校門的廉價老中，老美再用個老中當小頭目「以華制華」！妳看陳曉君巴結人的德性?妳知不知道她平時裝得一副少不更事的樣子，暗地就想跟沈蘇珊她們一夥來整我，扮豬吃老虎?!純良啊，人心險惡，知面不知心啊……還是那句老話，人真是要相處才知道的，什麼家庭出身的人做什麼樣的事……妳我在一起好一陣子，我有沒有對妳說過我的家世，這叫「整瓶子醋不響，半瓶子醋叮噹」。妳小時候看過邵氏出的電影沒？電影上香港的老媽子都是梳著大辮子穿白色唐裝的，我小時候在香港家裡的佣人們就是這樣，連司機也要穿制服的。真的是，不騙妳，騙妳我會死。在我們這一代，誰小的時候吃得起鷹牌巧克力啊，我就常常抱著一盒吃！小時候我叫傭人洗球鞋，妳猜怎麼的，我母親都不准，非叫我們自己動手，這就是真正大戶人家作風，那像現在沒見過世面蹚得像二五八萬似的暴發戶？二五八萬妳都聽不懂？這年頭還有誰不會打麻將？妳真是熊貓——稀有動物。那天我教妳……妳知道嗎，當年史耀乾追我，就是看上我人長得白白的又滿可愛的，再說家世也不錯，我公公到我家提親那天口口聲聲的就是說這門親事是「高攀」！妳知不知道我父親是誰？當年當過民航公司的經理呢（事實上，只是一般普通職員，被伍澤恬『提陞』為經理，有時又是總經理、董事長）。四十年前的民航公司經理，可不像現在美國餐廳、銀行的經理那麼不值錢，那時候當上經理可是有權有勢的。這些我從來不提的，何必？我們伍家現在在紐約開寶山關係企業的就是我堂叔那一輩，哦，漢光家長會會長張之祥妳認識吧，他就是我堂叔的外甥，也——是——史耀乾的妹夫，說起史家，不說還好，一說就是一肚子氣，從來沒見過這麼小氣的家族，就連我結婚時那時以第一名畢業留校在中文系當助教，同事送了我一個雕花檯燈，送到婆家都被我婆婆中途攔截！事後我根本不知道，害我背上不懂禮數的罪名，連向人道謝一聲也沒有，要不是過了好久，有天大夥談話中提到，我才知道有這回事，妳說差不差？那時我小叔託我介紹女朋友，我好心介紹系上的一個助教，我小叔史耀坤真丟盡了我的臉，跟人家頭一次約會，就想佔人家的便宜，要摸人家的奶！別笑啊，這是千真萬確的，人家那個助教後來跑來向我哭，妳說什麼？「不衛生」？臺灣話是什麼意思？什麼這種人叫「豬哥」？……廣東話這叫「鹹濕佬」！後來我小叔惡名昭彰，沒人敢跟他出去，到了三十好幾娶了個像豬一樣的番婆，看樣子兩人是沒什麼感情，連孩子也沒有，不知誰有毛病？我看多半是為了綠卡和那番婆的床上工夫……你們家長會長張之祥的太太我小姑——史耀華更差，是奉兒女之命結婚的。妳別看她講起話來細聲細氣，全是裝的。現在人家是×大校友會會長，又參加什麼美華婦女會，博士嘛，了不起。我跟史耀乾參加的「馥友會」才都是高級華人，打入美國主流社會呢，比起她們只會在Mall裡展覽展覽插花，搞搞剪紙，要不找些小孩跳跳民族舞強多了。哪個ㄈㄨˋ？純良啊，有class點，花香妳知道嗎？我們是「馥郁」的馥！走的是專業知識分子路線，不牽扯政治，不畫圈圈，熱心公益，提昇華人形象，「馥友」，是會員們馥郁的友情，誰會那麼銅臭？還有啊，告訴妳，我小姑以前她讀的還不是個爛大學，插班考×大都是靠我這個嫂子的關係，在插班考試前考試卷都讓她先做過一遍，現在神氣了，×大人。她剛來美國讀書的時候，吃的喝的都是我們供，給她介紹男朋友還偷偷寫信向我婆婆告狀，說我儘介紹些牛頭馬面給她，這年頭什麼人都可以當，就是不能當好人，到頭來，沒人會領你的情。現在，我們像仇人一樣不來往最好，眼不見心不煩，不必看她自吹自擂年薪六、七萬的神氣活現樣，到底有沒有還成問題呢。博士？博士還把「斡旋」唸成「斡旋」呢，純良啊，告訴妳姑嫂不和最好不要跟老公講，胳臂都是向裡彎，史耀乾到現在仍然說她妹妹自小柔順……放狗屁！被說得像是白雪公主，跟我吵起架的時候，張牙舞爪像《白雪公主》裡的巫婆……柔順?!她哥哥好意思講，我都不好意思聽……我真是有一肚子苦水，我是把妳當作娘家人才嚦哩啪啦告訴妳的，去年我公公來美國，大家都去機場接機，事後她居然說我在候機室裡趁人不注意的時候用腳踢她，妳聽了好笑是不是?當時我被誣告得哭笑不得，說來說去一句話，結婚一定要門當戶對，門不當戶不對的結了婚，蹦出來的姻親硬放在一起，麻煩鬧氣只有吃不完兜著走……唉，有什麼辦法呢，誰教我們中國話有句「長嫂似母」，這四個字就把妳壓得半死！我伍澤恬只有大人不記小人過，認了。出身不同嘛，有句話說「寧娶大家奴，不娶小家女」就是這個道理……中文學校的鬧氣，對我來說，也只有自己嚼一嚼，嚥了。何必跟他們一般見識，教我說這些年來在中文學校的烏煙瘴氣的事是說不完的……我任勞任怨負責裡裡外外的行政工作，誰給過我一句好話?教人有點安慰的是昨天晚上打電話給華濟世那些當醫生的家長，他們說沈默的大多數都知道我伍澤恬的辛苦……現在，好在有妳幫我的忙，別人都是知面不知心，學校那個賣珠寶的賈寶珠動不動就扯我的後腿，她在學校做生意，儘拿些大陸的破玉來唬人，又替老公拉房地產生意，這像什麼話？說說她，她馬上就說我跟她一樣，開玩笑，我是人家請史耀乾幫忙，等於救人一命，她是什麼東西？在校務會議上罵我假公濟私、濫搞權勢，說我講話不容人插嘴，簡直憑空捏造！唉，不是我愛批評人家，那個教幼兒班的左依蘭實在不會教，妳知道她教的是什麼？竟然講義上是「虎豹獅象風火雷電」搞什麼嘛？宇宙洪荒啊？也不想想幼兒班的學生才出娘胎多久？中文學校要找夠水準的老師真不容易啊，我伍澤恬又沒有三頭六臂可以到每一班去幫她們教，對了，還忘了告訴妳，學校自認有水準的周琪，妳千萬別被她外表騙了，自認中英文俱佳，說英文只不過會捲舌而已，就靠這一點想唬人！自以為沒有 Accent，好嘛，英文好，跟她去教育局辦事，老美聽了她的話還不是左一個 Pardon 右一個 Pardon 的，偶爾在報上有她的文章，有什麼了不起，充其量不過是孤芳自賞。不是我說自己行，我伍澤恬實在是家裡的事業太多，搞得分身乏術，假如我有空，好好的坐下來寫，一定不差！現在寫文章當作家的有幾個是中文系畢業科班出身的？我之不寫「非不能也，不為而已」，嘿，我說的是文言文，純良，妳以為我是在說哪一國話？這個意思就是說：不寫則已，一寫就……不是那麼自大啦，就是不錯啦，對了，說到寫文章，我叫妳幫我寫的 *Year Book* 發刊詞妳寫了沒？主題不是說好了嗎？是「薪傳」？——或是「傳薪」？這個詞我常搞錯，反正中文學校寫來寫去都是這些話。怎麼？還沒寫？妳在家又不上班？妳怎麼跟老張老師一個毛病？做事拖拖拉拉的，她就是這個毛病，最後連小兒科醫生都當不下來，早早就退休了，好在，我讓她在光華教教中文，精神才有個寄託。說到這個瘸腿老張老師張玉如妳可要防著點，她和藹可親？有冇搞錯？妳別看她把妳本家本家叫得好親熱，一個是老張老師，一個是小張老師，她才會拉閒話扯是非呢。陳德美老師先生有外遇就是她搧風點火搞得不可收拾的，最後陳德美的大女兒因此得了憂鬱症，沒多久就死了，其實那個老張老師是兇手，忘了告訴妳，她還向我打妳的小報告呢，妳才知道中文學校是非多啊，我本來也一直跟妳一樣，認為教書是件單純不過的事，學校該是一塊淨土，可是有人就有事，就是有人會把簡單的事攪和成複雜的事……有沒有沒有事端的中文學校？我不知道，也許有，誰知道？妳說什麼？妳說學校的亂象使妳想起夏目漱石寫的《少爺》？夏目漱石是誰？日本作家？哎呀，小姐，我不像妳不上班，有的是美國時間看日本小說！妳告訴我《少爺》裡寫的是什麼，對呀，我真像書中被人陷害的少爺一樣……唉，遠離煩惱，離開是非圈不教書？這不正如了沈蘇珊她們的意！我就是天生硬骨頭，不畏強權惡勢力，非要跟他們 Fight 到底！剛才說到寫文章，我實在是沒時間寫，不過，每次中文學校聚會，我一時靈感來了做的打油詩可是……小有名氣的，哼，這又有人說話了，說我像要飯的「數來寶」，說我還不是為了出鋒頭，早就在家準備好的，唉，這年頭「不遭人嫉是庸材」，現在閒話少說罷，中文學校年會我叫妳畫的「三羊開泰」的年刊封面畫了沒？馬上就五月底要用了，小孩生病沒時間畫？為什麼不早點說？叫我現在去找誰嘛？真是的！好了……好了……我再想其他的辦法，我現在很忙，我要掛電話了，不能跟妳多說，好了……好了……別說對不起，說對不起於事無補！Bye！

玉如啊，沒睡吧？怎麼我的電話吵到妳老公啦？……妳告訴他我們是談正事吔，談中文學校的事。我今天被家長會的那批人氣得到現在都睡不著，氣得胃病又犯了，玉如，我只有打電話給妳，在中文學校也只有妳瞭解我的苦衷……妳知不知道剛才我好不容易才掛了張純良的電話，她在背後說妳的壞話吔，就是嘛，年紀輕輕的就這麼愛搬弄是非，她還問我妳的腿有什麼毛病？問妳為什麼好好的醫生不當就退休，我聽了都生氣，還教訓了她一頓說是這是人家的隱私，現在的年輕人書是怎麼讀的？一點規矩都不懂！那像我們從小在大家庭裡學的知書達禮，人啊，真是要相處才知道……現在她「過河拆橋」囉，剛來美國的時候，我什麼地方都帶著她跑，現在叫她做一點事就拿蹻，她還說妳老奸巨滑，假裝和藹可親……她也不想，我跟妳是什麼交情，我們是老姐老妹……我就是說嘛，人要看出身的，什麼家庭教育出什麼樣的人……

發財靠天才

楊立萬，萬萬沒想到在美國走投無路，以前在臺灣看的電視劇倒成了他發財的點子。

其實在這之前，早已顯露出他被人看作草包似的歪才。就因為楊立萬想出的點子，讓大舌頭的姐夫對他不得不刮目相看，如今包學拯大律師見了小舅子就像見了智多星及卡拉ＯＫ財神爺。「姐以弟貴」本來在老公面前因娘家弟弟來了美國整天無所事事、遊手好閒變得有點氣不盛的楊立敏現在也不再低聲下氣說什麼「不看僧面看佛面」的話了，倒是一下子又恢復了往昔茶壺、剪刀式對老公說話的囂張。

不是楊立萬自己沒學問就瞧不起有學問的人，楊立萬到現在都搞不懂為什麼也憑什麼口齒不清講起話來舌頭像擀麵棍擀過似的大舌頭可以當律師？偏偏在報上登的廣告是「精辦移民、入籍，精通英、日、越、國、臺、滬、客家、山東話」，活脫一副語言學奇葩自居要不就是九官鳥轉世的模樣。照理說，大舌頭好歹是自己的姐夫，沒理由要「菜」自己的姻親，可是，真的是，大舌頭就是說所謂的國語都教人聽不懂，最教人受不了的是聲音像中了風不說，忽然不知哪根筋不對了又會矯枉過正地來個大捲舌，教人在毫無心理準備的情況下起了一身雞皮疙瘩！真不知包學拯自己號稱也強迫人家稱呼為「大律師」的人是怎麼在法庭上口若懸河的？也真不知道伶牙俐齒的老姐當年是怎麼跟這傢伙花前月下談戀愛的？楊立萬想到就是男人發顛說聲「我愛妳」都會氣氛全消，教人吃什麼吐什麼。儘管楊立萬這麼想，可是人家大舌頭是大律師是不爭的事實，楊立萬就是再痛恨「天理何在」也沒用。

也許包學拯既然姓包又學拯，多少有點包公的明察秋毫，明察秋毫不是審案子，而是很知道自己的弱點所在，這也是為什麼近年來改弦易轍地做起專辦移民、入籍的生意，頭銜嘛就是「移民大律師」，說來也很少有人自稱是「小律師」的，反正老中什麼都要大，就連賣西瓜也要是個「西瓜大王」。包學拯的律師事務所生意好嘛？還算過得去。反正這年頭老中吃老中，老僑吃新僑，就是那麼回事兒。但是話又說回來，想要在老中圈子裡有所突破，在小臺北蒙特利公園市三步一家五步一家像土地廟似地到處林立的律師事務所，在大家一起搶大餅的競爭之下，想要獨攬生意是根本不可能的。為了節省開支，包學拯走的是「家族事業」路線，老婆能言善道，天生 Social Butterfly 一隻，為了拓廣人脈，教會、中文學校、各式各樣社團活動都鑽，再加上近年臺灣政局比連續劇還好看，海外老中沒事就在談政治，國民黨、民進黨、新黨，各黨活動互別苗頭週週皆有，最近又加上建國黨，搞得楊立敏疲於奔命。說來楊立敏也教人不得不佩服，竟能在各個立場不同的團體照樣八面玲瓏。楊立敏有時都覺得自己像是故事中的蝙蝠。不過想想也就算了。楊立敏打的旗號是「服務鄉親，不泛政治化」。此外能幹的包大律師夫人還負責一切祕書工作，男人都是勢利眼，眼見自己處處要靠老婆打點，也就自動降格所謂三句話不離本行地讓老婆當法官，自己當犯人，夫妻對話簡直就像法官審案子。當然，這是臺北的小舅子還沒逃來美國之前。此外，剛才說到包學拯明察秋毫，包學拯在美國混了十幾二十年也不是白混的，自然明白「挾洋自重」的道理，也就是說律師事務所得有個登起廣告頗有來頭的洋律師，否則就是一副土地廟不靈的樣子。既然現在專做移民生意，那麼洋律師就得找曾在移民局待過的，不管是退休的、或是過氣的，反正廣告登出來能唬人就行。好了，這就是位於小臺北大西洋道上「包學拯律師事務所」的組合，所謂的「三口組」。

可是，「三口組」變成了「四口組」，包學拯就是再怕老婆也覺得臺北來的小舅子是個眼中釘。要知道，楊立萬也是像綜藝節目裡方芳演的「有志氣、有抱負」的青年，又怎受得了這種鳥氣？因此，大舌頭綠豆眼給臉色的時候，臺北來的楊帥哥也狠狠地大眼瞪小眼地給瞪回去。兩個大男人就這樣彼此不順眼地瞪來瞪去，瞪得兩人眼珠子都痛，好笑的是，姐夫和小舅子兩人身上隨時都有眼藥水。最煩的就是夾在當中的楊立敏，楊立敏知道楊家大少是從來不當人家伙計的，同時也深知老公早期留學生的孤寒個性，為了顧全大局幾乎是兩面說好話，對自己的枕邊人時而又拿出法寶威脅兼色誘，加上楊立敏的更年期也到了，身上的女性荷爾蒙也不是那麼多，還有家裡的兩個青少年又特別煩人，裡裡外外內憂外患交夾，就是再女強人也有沮喪不想活的時候。所幸的，這也只不過是女人一閃而過的念頭，只是用來虛張聲勢表表悲壯而已，但一想到衣櫃裡還有很多名牌衣飾沒亮相，也就不想死。所以，儘管楊立敏天人交戰，每天在化妝臺前打理的時候，仍是極盡塗牆粉刷之能事，看似神采飛揚外強中乾地苦撐場面。

說來楊立敏算是很夠意思、很照顧自己娘家弟弟的姐姐，為了這個不曾揚名立萬只會立字據的弟弟，真是使盡力氣想要抽自家老弟一把。楊立敏想到在臺灣混得幾乎被人放話要抽斷腳筋，現在把這個寶貝弟弟弄來美國，指望的就是東山再起，至於能不能光宗耀祖，楊立敏心裡有數是不敢想的。現在既然「請神容易送神難」，自己又曾拍著胸脯對氣得中風的老爸說過責無旁貸這句話，初來乍到就先叫老弟暫時「屈就」管管事務所的總務罷，騎驢找馬，伺機而動，反正單身漢好辦。話這麼說也是為著好聽；放出的空氣是，一方面適應，一方面考察，考察看看日後有什麼生意好做。其實心思一轉三拐的楊立敏主要是想到免得落人口實，尤其是婆家人。由於楊立敏護弟心切，胳臂往裡彎，因此並不讓老弟一來就被推出去洗碗。假如……換上是小叔呢，嘿，楊立敏就不會「長嫂似母」地把事務所當成難民或是移民收容所兼職訓中心了。至於楊立萬這方面，始終覺得是虎落平陽完全礙於老姐的情面才留下來幫忙的。楊立萬不止一次地對自己說，等著吧，勢利綠豆眼，總有一天我要叫你好看！

也許老天爺真的聽到了楊立萬像勾踐復國臥薪嚐膽的矢志，話說沒多久，真的讓包學拯好看了，不，該說是包學拯不得不對楊立萬看好了。

也合該楊立萬要展露「發」跡，楊立萬一向自認身上有著異於常人的細胞，雖說讀書不靈光、做生意屢做屢賠，但，楊立萬知道這跟「老兵不死」一樣，他是細胞不死！只是……以前天時地利人和沒配合好而已。現在人來了美國，照算命的說是換了風水，「楊」「洋」相通，楊立萬堅信這下子沒理由不揚名立萬了。說到楊立萬，楊立萬給人的印象一向「搖擺」，楊立萬最恨老一輩只會長他人志氣，滅自己威風的「謙卑」；媽的，「謙」就等於「卑」還有什麼混？所以，不用我多加介紹了，楊立萬就是這麼個調調兒，始終是吊兒郎當似的玩世不恭，說穿了是自我「膨風」的樂觀加自戀。像楊立萬式的樂觀也不錯，樂觀會教人信心滿滿覺得讀書沒有用，還有因為心思亂竄，鬼點子就亂多。楊立萬就是那天，在這種情況下，靈光像電燈泡似地一亮，也顧不得牛肉麵吃了一半，眼睛正盯著中文報紙上自己的最愛，所調色情廣告那一欄，什麼「念奴嬌俱樂部　蒸氣桑拿　Table 桑拿　私人房間　服務週到」，接著又是「夢之園俱樂部」、新張「柔情健康中心」……，到那裡會健康？我看愈「休息」愈「累」！楊立萬每每就著牛肉麵下肚，邊吃邊看自覺像是到了臺灣牛肉場。能教楊立萬罔顧麻辣夠味食色性也，像火燒屁股似地掏出了原子筆在要送出去的廣告上加了神來之筆的是什麼？是因為楊立萬聽到了「民瘼」──兩個留著掃把頭講起話來抓來抓去、肯定來肯地去的大陸妹的對話，就在這一刻，楊立萬像牛頓看到蘋果落地一樣，一件稀鬆平常的事卻觸發了腦筋不正常不尋常人的靈感，對楊立萬來說是賺錢的靈感。現在讓我們跟著楊立萬一起來偷聽：

「我說呀妳，別這麼摳門兒，我肯定的告訴妳，錢就是用來辦事兒的。所謂錢花到哪兒，哪兒好，有道理唄？在美國這些年，我是吃了醒腦丹，各方面都做了三百六十度的調適。」

「三百六十度？敢情那不又是轉回來啦？」

「哎呀，妳知道我的意思，是一百八十度對唄，日子過得暈忽。我的意思是說妳要考公民，最好花點錢參加個『入籍班』，少自己給自己找麻煩。得抓緊時間，還有一大家子的人等著妳把他們給弄出來呢。」

「聽說現在很難，美國人刁得很，全看考試官當時的心情，面試的時候忽然會叫人來段美國國歌。還有啦什麼歷史啦、地理啦、國會組織、憲法什麼玩意的，海吃海喝的美國人都不見得曉得，偏偏要問咱們，妳說是不是故意為難？說到唱美國國歌妳會唱嚒？」

「德性！誰會唱那玩意兒？找找別的人問問唄。」

「找誰？認識的人都是些廚子，只會唱鄧麗君的〈甜蜜蜜〉。」

「有錢還怕沒人教？記得不，看什麼比賽，什麼奧運會啦，那調門兒是聽過的，這方面讓我想想看有誰可以教咱們？總之，就是不怕一萬就怕萬一啊，學了會唱兩句心裡有個底總好。妳看，報上登的移民法整天在變，說來都是對咱們不利，混張護身符肯定只有好處沒壞處。說來咱們還是託布什的福，要不是天安門這麼一鬧，布什來了場大赦，咱們哪來的居留權？現在又怎麼可以排隊排到申請當人家美國人？我看布什咱們應該叫布施。」

「說正格的，入籍的書我都有，是小陳留的，他那時候容易，現在當務之急就是跟誰學唱人家美國國歌？」

「……」

啊——哈！楊立萬聽到這，也不管大舌頭自己會不會唱美國國歌，五音全不全，反正家裡放著兩個現成的美國人，然後再去什麼家電中心製作支美國國歌ＫＴＶ，字幕上要打拍子要打點的，假如能找到現成的那更好……，楊立萬當下靈感來了擋也擋不住，把食色性牛肉麵念奴嬌都推到一邊，像發豬母顛似地在要送去登的廣告上加了一大串，振筆疾書，瞎改一場後變成：「入籍福音　惠我僑胞　上學選名校　入籍找專家　包學拯包入籍　不成功不收費　專辦移民局失敗者　本律師事務所附設入籍優惠班　負責教唱美國國歌　」寫到這又忽然想起就是昨天一九九六年八月廿二日柯林頓簽署了大大不利移民的「社會福利改革法案」，本來楊立萬是從不管這些撈什子的法令法案，在楊某人看來全是狗皮倒灶，現在不同了，因為跟著綠豆眼，在「商」言「商」，人也不知不覺多了幾分正經心，楊帥哥想得快，想到以後勢必一大群老人為了ＳＳＩ（聯邦社會安全補助金）要戴起眼鏡拚著老命來上補習班，遂又加上這麼兩句：「不諳英文　由字母教起　句句帶唱　保證學會　順利過關　」

本來還要加上「順利過關笑哈哈」，楊立萬一想，其實笑哈哈的是自己，自己是得意極了！

也不知是什麼世道，教人不得不信邪；大舌頭的人頭生意真的是好了起來。自此以後，只要經過大西洋道旁包學拯土地廟樓下的一間邊間，乍聽之下好像木魚梵唱，怪腔怪調像是在唸什麼經，仔細一聽，旋律如此熟悉又教老美覺得像是路經新兵入伍訓練營。別笑這南腔北調什麼腔都有的歌唱訓練班，也別笑楊立萬小人得意又忘形，不是楊立萬自覺不可一世，真的是自楊祖師爺開始，入籍班掀起了一陣卡拉ＯＫ教唱美國國歌熱，這足足讓楊立萬神氣了好一陣。

就在一窩蜂跟進的熱潮中，只要走在小臺北，不知哪個弄巷神祕兮兮揚起——「Oh say can you see by the dawn's early light……」的番歌中唱，楊立萬就立刻飄飄忽忽得意地搖頭擺尾。因此，楊立萬忍不住地常常覺得自己真像外國不知道哪個作曲家，在飯店吃飯的時候，靈感忽然來了，就在菜單上寫了一首叫什麼魚的曠世之作一樣。人啊，只要聰明，有天才，就是在飯店吃飯，麵店吃麵，也會想出別人想不到的點子。

楊立萬愈想愈得意，愈想愈覺得自己的ＩＱ不是普通的高，雖說自己的洋涇濱英文常常讓人一頭霧水，但這有啥米關係？只要腦子靈光就好。自己只不過是牛刀小試，就顯露出了獨具慧眼、獨得先機的不世之材。打鐵趁熱、乘勝追擊，現在不正是我楊立萬再度出山的契機？

「知弟莫若姐」，眼見老弟躊躇滿志又要摩拳擦掌，楊立敏對這寶貝老弟真有點……矛盾，說「矛盾」是又怕又高興；憑良心說，楊立敏對老弟實在沒信心，但一方面又有著長姐似母動輒覺得「浪子回頭金不換」老淚縱橫的衝動。職是之故，楊立敏以前從來不去西來寺，現在也會沒事去上三炷香，明求暗禱，不管神明還是楊家列祖列宗保佑庇蔭，好歹讓楊家的這條鹹魚翻個身。

又是也合該楊立萬又要有點子，就在那天姐弟倆出了寺門，迎面來了一群不知是蹺家還是蹺課的恐怖新新人類，要是一般人見著唯恐避之不及，楊立萬因為跟姐夫綠豆眼瞪慣了，不知不覺看到什麼人都要瞪兩眼。

個個戴著耳環穿著低襠褲趿著厚底大拖鞋，走起路來八字腳，自以為炫？

媽的，遜斃啦！

儘管楊立萬媽的媽的這麼想，乍看之下，竟忽然聯想到……我們都知道楊立萬是從來不看書的，但是看電視，看小說改編的連續劇，原作者他一輩子也不會知道，但，演員他知道。哇×！這不就是陳松勇演的《沒卵頭家》！

「沒卵頭家！」楊立萬嘴裡暗啐，心裡有男人罵生殖器的快感。

就在這時，楊立萬整個人變得興奮又激動，連忙搖著身邊活動銀行的臂膀——寫文章的人說是藕臂，對楊立萬說像是兩根大白蘿蔔——神情像是中了六合彩：「姐！我知道了！今天的香沒白燒，我得了神明的指示，我要改行做成衣生意，是人就要穿衣服總不能光著屁股對不對？我要專賣民生所需衣、食、住、行的第一項『衣』！以前太好高騖遠，現在要走眾群小老百姓路線，我要專賣沒……NO，專賣休閒裝！」「沒卵頭家裝」楊立萬自是嚥了回去，話說楊立敏「知弟莫若姐」，楊立萬也是「知姐莫若弟」，楊立敏雖然伶牙俐齒，八面玲瓏，但私下個性假仙很不能接受黃色笑話，認為那是男人意淫佔女人便宜之大極，再加上人來美國太久變得自以為是有點討厭，楊立萬學兩個大陸妹的用語──「肯定」地老姐楊立敏無法瞭解臺灣的新文化。

你要問我這回楊立萬到底發了沒？我也「肯定」地告訴你，這回楊立萬可是鹹魚翻了身，而且發得厲害！至於怎麼發的？我這冷眼旁觀說故事的人，不太喜歡講千篇一律的事，因為做生意賺錢的事就跟「每個幸福的家庭都一樣」是一個道理。只是不得不要說的是，如今「沒卵頭家裝」，正邪兩派都愛這造型。楊立萬就看準這一點，搖身一變成了成衣界的楊大盤。至於細節，如何批來名牌提裝貨（楊老闆眼光獨到，認準提裝貨一定得名牌，名牌提裝貨市場行情看俏貨好走，人性虛榮心使然。以男人缺德的心思想到的是賈桂琳與黛安娜），如何雇來人手加工盤給折扣百貨店，那是楊老闆的事。有興趣的去問他，但要提醒你，要有異於常人的耐性聽他吹。我所冷眼旁觀的是，當了頭家的楊立萬，自己是從不作如此打扮的，這道理很簡單，因為怕名副其實。此外還有一件事，楊立萬起猶的時候，曾經想飲水思源想叫人刻塊「沒卵頭家」的匾掛在店裡，但一想，覺得實在像倉庫裡的提裝貨一樣脫線，遂而作罷。主要是，楊立萬現在變成亨利楊（因為又亨又利才用這洋名），一想到日後品牌打響了，不，名號被人叫開了，以後還有誰會嫁給他？

三民叢刊書目

⑥⓪蝴蝶球傳奇　顏匯增著
・真實與虛構
⑥①文化啓示錄　南方朔著
⑥②日本這個國家　章　陸著
⑥③在沉寂與鼎沸之間　黃碧端著
⑥④民主與兩岸動向　余英時著
⑥⑤靈魂的按摩　劉紹銘著
⑥⑥迎向眾聲　向　陽著
・八〇年代臺灣文化情境觀察
⑥⑦蛻變中的臺灣經濟　于宗先著
⑥⑧從現代到當代　鄭樹森著
⑥⑨嚴肅的遊戲　楊錦郁著
・當代文藝訪談錄
⑦⓪甜鹹酸梅　向　明著
⑦①楓　香　黃國彬著
⑦②日本深層　齊　濤著
⑦③美麗的負荷　封德屏著
⑦④現代文明的隱者　周陽山著
⑦⑤煙火與噴泉　白　靈著

⑦⑥七十浮跡　項退結著
・生活體驗與思考
⑦⑦永恆的彩虹　小　民著
⑦⑧情繫一環　梁錫華著
⑦⑨遠山一抹　思　果著
⑧⓪尋找希望的星空　呂大明著
⑧①領養一株雲杉　黃文範著
⑧②浮世情懷　劉安諾著
⑧③天涯長青　趙淑俠著
⑧④文學札記　黃國彬著
⑧⑤訪草（第一卷）　陳冠學著
⑧⑥藍色的斷想　陳冠學著
・孤獨者隨想錄
A・B・C全卷
⑧⑦追不回的永恆　彭　歌著
⑧⑧紫水晶戒指　小　民著
⑧⑨心路的嬉逐　劉延湘著
⑨⓪情書外一章　韓　秀著
⑨①情到深處　簡　宛著
⑨②父女對話　陳冠學著

93 陳冲前傳　嚴歌苓著
94 面壁笑人類　祖　慰著
95 不老的詩心　夏鐵肩著
96 雲霧之國　合山　究著
97 北京城不是一天造成的　喜　樂著
98 兩城憶往　楊孔鑫著
99 詩情與俠骨　莊　因著
100 文化脈動　張　錯著
101 桑樹下　繆天華著
102 牛頓來訪　石家興著
103 深情回眸　鮑曉暉著
104 新詩補給站　渡　也著
105 鳳凰遊　李元洛著
106 文學人語　高大鵬著
107 養狗政治學　鄭赤琰著
108 烟　塵　姜　穆著
109 河　宴　鍾怡雯著
110 滬上春秋　章念馳著
111 愛廬談心事　黃永武著
112 吹不散的人影　高大鵬著
113 草鞋權貴　嚴歌苓著
114 是我們改變了世界　張　放著
115 夢裡有隻小小船　夏小舟著
116 狂歡與破碎　林幸謙著
117 哲學思考漫步　劉述先著
118 說涼　水　晶著
119 紅樓鐘聲　王熙元著
120 寒冬聽天方夜譚　保　真著
121 儒林新誌　周質平著
122 流水無歸程　白　樺著
123 偷窺天國　劉紹銘著
124 倒淌河　嚴歌苓著
125 尋覓畫家步履　陳其茂著
126 古典與現實之間　杜正勝著
127 釣魚臺畔過客　彭　歌著
128 古典到現代　張　健著
129 帶鞍的鹿　虹　影著
130 人文之旅　葉海煙著

- ⑬① 生肖與童年　小　民著
- ⑬② 京都一年　喜　樂圖
- ⑬③ 山水與古典　林文月著
- ⑬④ 冬天黃昏的風笛　呂大明著
- ⑬⑤ 心靈的花朵　戚宜君著
- ⑬⑥ 親　戚　韓　秀著
- ⑬⑦ 清詞選講　葉嘉瑩著
- ⑬⑧ 迦陵談詞　葉嘉瑩著
- ⑬⑨ 神樹　鄭　義著
- ⑭⓪ 琦君說童年　琦　君著
- ⑭① 域外知音　張堂錡著
- ⑭② 遠方的戰爭　鄭寶娟著
- ⑭③ 留著記憶・留著光　陳其茂著
- ⑭④ 滾滾遼河　紀　剛著
- ⑭⑤ 王禎和的小說世界　高全之著
- ⑭⑥ 永恆與現在　劉述先著
- ⑭⑦ 東方・西方　夏小舟著
- ⑭⑧ 嗚咽海　程明琤著
- ⑭⑨ 沙發椅的聯想　梅　新著
- ⑮⓪ 資訊爆炸的落塵　徐佳士著
- ⑮① 沙漠裡的狼　白　樺著
- ⑮② 風信子女郎　虹　影著
- ⑮③ 塵沙掠影　馬　遜著
- ⑮④ 飄泊的雲　莊　因著

⑮⑤ 和泉式部日記

林文月 譯・圖

本書為日本平安時代文學作品中與《源氏物語》、《枕草子》鼎足而立的不朽之作。書中以簡淨的日記形式，記錄了一段不為俗世所容的戀情。優美的文字，纏綿的情詩，展現出愛情生活中細膩的起伏感受與歡愁，穿越時空，緊扣你我心弦。

⑮⑥ 愛的美麗與哀愁

夏小舟 著

愛情之於女人，常常是引誘飛蛾撲火的明燈，是絢麗的毒花，可女人偏偏渴望愛情。作者列舉許多男女的愛情、婚姻故事，郎才女貌未必幸福，摯情摯愛未必有緣，只是男人與女人之間如同萬物的規則，一物降一物，鹵水點豆腐，魔高一尺，道高一丈。

⑮⑦ 黑　月

樊小玉 著

丁小玎隨著所在的中國公司到國外做勞務承包。因為是公司的英語翻譯，加上辦事勤快，見了人又總是一個柔柔和和的笑，於是很快就引起當地大部分男人的注意；而小玎能否在心儀的外交人員與愛慕自己的餐廳老闆間找到最後情感的歸宿?……

⑮⑧ 流香溪

季仲 著

作者透過一群「沿江吉普賽人」在流香溪畔發生的動人故事，牽引出現代觀念與傳統文化的價值矛盾、中日文化的碰撞衝突、人與自然的挑戰，以及善與惡的拉扯等；全書行文時而如行雲流水，時而又如波濤洶湧，讀來意趣盎然，發人深省。

⑮⑨史記評賞

賴漢屏　著

司馬遷《史記》一三〇篇，既是「究天人之際，通古今之變」的史學鉅著，也是我國古代傳記文學的精華。本書作者自幼即喜讀《史記》，從師學習，如今蘊藉已深，以其深厚的治學基礎，發為見解獨具的文采丰華，帶領讀者一探《史記》博雅的世界。

⑯⓪文學靈魂的閱讀

張堂錡　著

文學的力量使孤寂的心靈得到慰藉，貧乏的人生變得富有，唯有肯駐足品味的人才能透晰其所傳達出最深藏的祕密。本書共分三輯，窺視文學蘊含的殷情深意；感受其求新求變以及對大環境的價值。各自激發不盡的聯想與深沈的感動。

⑯①抒情時代

鄭寶娟　著

在平淡無奇的生活中，你可曾留意生命中點點滴滴不平凡的小故事？作者以其平實的筆觸，刻劃出看似平凡卻令人難以遺忘的人生軌跡，你我都可能身在其中。書中情節所到之處，或許平凡、或許悲傷，但卻也不時充滿著生命的躍動，值得細細體會。

⑯②九十九朵曇花

何修仁　著

人生有多少夢境會在現實中重複出現？是山間的樵歌？白雲間的群雁？還是昔日遠方純樸、悠閒的鄉間漫步？作者來自屏東，以濃郁深摯的筆調，縷縷細述人生中最動人的記憶，伴隨你我，步履於南臺灣的舊日情懷，一同感受人間最純摯的情感。

⑯ 說故事的人

彭歌 著

這是作者多年來觀察文壇、社會與新聞界的肺腑之言。輯一故事與小說自不同角度探討小說寫作；輯二人與文刻劃出許多已逝人物卓然不凡的風範；輯三海外生涯則寫遊記、觀賞職籃等旅居海外之觀感。讀了此書，彷彿親身經歷了一趟時空之旅。

⑯ 日本原形

齊濤 著

從明治維新以來，日本的一舉一動都對世界有著深遠的影響，尤其對臺灣來說，其影響更是巨大。作者長期旅日，摒除坊間「媚日」或「仇日」的論調，以客觀的描述，剖析日本的現形。對想要了解日本時勢與脈動的人來說，是不得不看的一本好書。

⑯ 從張愛玲到林懷民

高全之 著

作者以嚴謹誠虔的態度，客觀分析的筆調，來評論臺灣當代小說，深深讓讀者了解近代文學的特點，進而深入九位作者的作品中，提供一些深刻的創見，帶領你我欣賞文學的美與實，進而體驗文學對生命喜悅、悲哀等生動的描述。

⑯ 莎士比亞識字不多？

陳冠學 著

莎士比亞識字不多！一直以來被誤認是個偉大的作者。讀過本書，應能還莎士比亞一個清白，他絕對不是一個掠美者。這把聖火在臺灣重新點燃，希望將來這聖火能夠由臺灣再度傳回英國，傳到世界各地，也好讓莎士比亞的靈魂得到真正的安息。

⑯7 情思・情絲

龔華 著

「妳，像野薑花；清香，混合在黎明裏，催我甦醒。沒有妳，我睜不開眼睛，走進陽光的世界。她，是我在黃昏裏，永遠踩不到的影子。像夜來香，惑我走進黑夜的濃郁……」本書集結了龔華在〈中副〉發表的散文，篇篇情意真摯，意境深遠，值得細細品味。

⑯8 說吧，房間

林白 著

一個是離婚、失業的中年婦女，一個是愛熱鬧的單身貴族。兩個背景、個性迥然不同的女子，為何會發展出一段患難與共的交情？且看兩個女子的心情告白。本書在作者犀利細膩的筆調下，深刻描繪出都會女子的愛恨情仇、悲歡離合，值得細細品味。

⑯9 自由鳥

鄭義 著

六四事件的悲憤情緒才剛平復，對八九民運功過的批判聲音竟已隨之響起。對此，大陸流亡作家鄭義，以一幕幕民運歷程與鐵幕紀實，申訴著他的心痛與不平。文中流露對同胞的關懷和自由的嚮往，深深地牽引著每一個中國人心中的沈痛與感動。

⑰0 魚川讀詩

梅新 著

詩是抒情的天堂，但並非每個人都能領會其中的意涵。本書是梅新先生的遺作，首創以雜文式的筆調評論詩作，不依恃理論，反而使篇章更形活潑，有就事論事的評述，也有尖銳的諷喻，語帶機鋒，趣味盎然。引領您一窺知性與感性的詩情世界。

⑰ 好詩共欣賞

葉嘉瑩 著

本書作者葉嘉瑩教授，融會西方接受美學、符號學及中國詩論，來解讀陶淵明、杜甫、李商隱的作品，分析了三人作品的形象、情意和其中所含的隱微深意，並從興發感動讀者的角度來詮釋作品的成功與否，是喜愛古典詩的讀者不可錯過的好書。

⑰ 永不磨滅的愛

楊秋生 著

現代人的生活壓力大，使得人生危機四伏，生活充滿徬徨、疲倦和無力感。如何化解此一危機?作者以多年學佛的體驗，以及和家人朋友互動的點點滴滴，而了解到愛的真義，並希望能將愛分享給每個人，以重燃信心和希望。

⑰ 晴空星月

馬 遜 著

大崙山上，晴空萬里，夜色如銀，星月交輝。作者因佛緣，追隨曉雲法師的步履，出掌華梵大學，以發揚佛教教育為己任。本書除叮嚀青年學子的話語外，還有對社會大眾闡發佛法精神的演講。其智慧的話語，如醍醐灌頂，為淨化心靈的一帖良方。

⑰ 風 景

韓 秀 著

韓秀，一個出生於紐約，卻長年往返於世界各地的奇女子。在雅典、在開羅、在布達佩斯、在臺北、在高雄、在北京，作者皆能以其敏銳的心觀察她所造訪過的每一寸土地，以其向具纖細的筆觸，使一幅又一幅的動人「風景」躍然出現在您的面前！

⑰⑤ 談歷史　話教學

張元　著

作者以二位高一新生對歷史課程的困惑為引子，藉著師生座談對話的方式，從北京人時代到西晉，針對高中歷史教材，試圖以「史料閱讀」的方法鮮明地建構各代的歷史圖像，在活潑的對白間既談歷史意涵又話歷史教學，相當適合高中教學的參考。

⑰⑥ 兩極紀實

位夢華　著

任何人想要親臨兩極之地恐怕都不是件容易的事。作者因從事研究工作之便，足跡跨越兩極，將在極地所見所聞之動物奇觀、自然景致乃至當地所受文明衝擊，或以幽默輕鬆，或以深沈關懷的筆調娓娓道來，是無緣親至極地的讀者絕不可錯過的佳作。

⑰⑦ 遙遠的歌

夏小舟　著

世上只有兩種人，男人和女人。然而男女之間的恩愛情仇，卻糾葛難解。本書作者以一篇篇幽默的短篇故事，道盡世間男女的愛恨嗔痴。在她細膩委婉的筆下，愛情的本質和婚姻的面貌都一一呈現，必可帶給你前所未有的感受與體悟。

⑰⑧ 時間的通道

簡宛　著

「人生，是一條時間的通道，每一個人所走的方向和目標雖然不一樣，但是經過的路程卻是相似的……」當人們沈溺於歲月不待人的迷茫和感嘆時，作者平實的筆調將帶著我們對生活多用一點心思和一點執著，會使我們的「通道」裏，留下一點痕跡。

179

燃燒的眼睛

簡宛 著

作者以自身多年來在美國的異域生活為背景，輔之敏銳的觀察力、豐富的情感、濃郁深摯的筆調，從而幻化出一篇篇感人肺腑的故事。尤其對於旅居海外異鄉遊子們的心境描寫更是深刻動人，是一本值得再三玩味的小說。

180

月兒彎彎照美洲

李靜平 著

沒來美國時還不知那生活啥款；來了才知樣——啊！真夭壽！ 來到美國，是穿梭在黑白紅黃人群間；或在房裡看華語電視？是在壁爐邊吃耶誕大餐；還是窩伴著一桌熱火鍋？在忙碌的陽光下，可想起夜空裡一彎新月？月兒彎彎，訴說的又是誰的故事？

181

愛廬談諺詩

黃永武 著

諺詩，是指用諺語聯成的詩，由於聯接巧妙加上意外組合，因此往往會有不可料想的妙趣出脫。如捉豬上板櫈，走馬看天花；成人不自在，做鬼也風流，等等等。本書將帶你悠遊中國式幽默，探索諺語的源頭，喜愛好書的你，可千萬不能錯過！

182

劉真傳

黃守誠 著

劉真，一位自四十年代開始影響國內教育最鉅的教育家。本書自劉真先生家學淵源寫起，隨著時間軌跡，記錄了他如何在風雨飄搖的年代裡為教育此類百年大業做出努力；因此雖然本書為劉真先生個人傳記，卻同時也是了解現今教育體制的最佳參照。

⑱³ 天涯縱橫

位夢華 著

以兩極生態氣候的研究為基礎，作者建構了此書的論理與想像世界。內容從極地景致、開拓艱辛及天文物理觀念，引申至有關宇宙天人及環保的許多想法，包容科學與文學，兼具知性與感性。讓您在詼諧而深切的筆調中，激發對地球的關懷與熱愛。

⑱⁴ 新詩論

許世旭 著

中國詩歌，無論新舊，是一座甘泉，若不掬飲，口渴神焦，……。作者係韓國人士，長年沈浸在中國文學之中，對於在中國新詩的源起及兩岸新詩風格的異同，均有獨到而精闢的見解。是讀者拓寬視野，更深入了解中國新詩之發展所必備的好書。

⑱⁵ 天 譴

張 放 著

「一不埋怨天，二不埋怨地，只是咱家命不濟，生長在這亂世裡。」于祥生，一位山東流亡學生，民國三十八年隨政府搭乘濟和輪來到澎湖，卻萬萬沒料到會遭逢一場史無前例的政治騙局，他的人生、情愛就在這時代悲劇與宿命的安排下，無奈地上演。

⑱⁶ 綠野仙蹤與中國

賴建誠 著

一本融和理性與感性的著作，以經濟分析的專業素養，將關懷的筆觸，延著供需曲線帶進閱讀的天空。那一篇篇翔實的數據，是驗證生活的另一種形式；那一篇篇雋詠的小品，則是理性思維的靠墊。不管你來自士農工商，本書都能提供一場知性洗禮。

⑱

標題飆題

馬西屏　著

一個出色的報紙標題不僅要精簡準確地傳達新聞訊息，更要能表現文字的優美和趣味，這可是一門藝術。近年來報紙解禁，各種充滿巧思創意的標題紛紛跳上版面，等著要攫取你的注意。小心！一場報刊標題的革命正在編輯枱上悄悄進行……

國立中央圖書館出版品預行編目資料

月兒彎彎照美洲／李靜平著.--初版.
--臺北市：三民，民87
面；　公分.--(三民叢刊；180)
ISBN 957-14-2832-9（平裝）

857.63　　　　87005176

網際網路位址　http://sanmin.com.tw

著作人　李靜平
發行人　劉振强
著作財產權人　三民書局股份有限公司
臺北市復興北路三八六號
發行所　三民書局股份有限公司
地　址／臺北市復興北路三八六號
電　話／二五〇〇六六〇〇
郵　撥／〇〇〇九九九八——五號
印刷所　三民書局股份有限公司
門市部　復北店／臺北市復興北路三八六號
重南店／臺北市重慶南路一段六十一號
初　版　中華民國八十七年五月
編　號　S 85432
基本定價　叁元肆角
行政院新聞局登記證局版臺業字第〇二〇〇號

ISBN 957-14-2832-9（平裝）